I0647021

40545

OPVSCVLES

OV

PETITS TRAICTEZ.

Le I. De la Vie & de la Mort.
Le II. De la Prosperité.
Le III. Des Aduersitez.
Le IV. De la Noblesse.
Le V. Des Offences & Iniures.
Le VI. De la Bonne Chere.
Le VII. De la Lecture des Liures,
& de leur composition.

A PARIS,

Chez IACQVES VILLERY Li-
braire Iuré, au Palais en la Salle
Dauphine.
M. DC. XXXXIV.
AVEC PRIVILEGE DV ROY.

A MONSEIGNEVR
L'EMINENTISSIME
CARDINAL
MAZARIN.

ONSEIGNEVR,

Puis que la vie des plus
grands hommes n'eſt pas moins
partagée que celle des petits, en-

tre les choses qui plaisent &
d'autres qui sont capables de
nous donner du degoust ; i'ai
creu que Vostre Eminence ne
me sçauroit pas mauuais gré, si
ie l'inuitois parmi tant de
triumphes & d'acclamations
publiques, à se souuenir de ce
que la Philosophie veult que
nous ayons tousiours deuant les
yeus, pour n'estre jamais surpris
par quelque éuenement que ce
soit. En effet la couleur funeste
qui sert encore de liurée à tous
ceus de vostre famille, monstre
bien que les plus beaus iours de
vostre glorieux & triumphant
ministere, n'ont pas esté exemts
de quelques nuages ; & que vos

EPISTRE.

Vertus heroïques, dont la
France tire de si grands auan-
tages, ont eû des ennuis dome-
stiques à combattre, au mesme
temps qu'elles trauailloient si
heureusement à reduire ses en-
nemis au poinct où nous les
voyons. Ce fut, Monseigneur,
ce qui porta mon esprit aus con-
siderations de l'vne & de l'au-
tre Fortune, qui font la meil-
leure partie de ces Opuscules: Et
c'est encore auiourd'hui ce qui
m'oblige à les vous presenter,
par la raison qui suit le cours or-
dinaire de la Nature, où tou-
tes choses vont retrouuer leurs
principes. A la verité, mon
deuoir qui se termine au seruice

EPISTRE.

particulier de Vostre Eminence, ne m'engageoit pas à rendre mon trauail public. Mais comme elle n'a rien de plus à cœur que le bien commun, ie n'ai point douté qu'en rendant mon petit ouurage de quelque vtilité à plusieurs, ie ne lui donnasse vne recommandation considerable aupres de vous, & qu'il ne tombast d'autant plus fauorablement entre vos mains, que vous y remarqueriez de disposition à n'estre pas inutile dans celles des autres. I'obseruerai encore vne chose pour vous rendre mon present, tel qu'il est, plus agreable. C'est, Monseigneur, que ie m'abstiendrai de tous les

EPISTRE.

Eloges qu'vn autre vous donneroit dans vne occafion comme celle-cy, où la couftume ne fouffre prefque pas qu'on en vfe comme moi. Il eft vrai que quand ie ne me comporterois pas de la forte pour vous complaire, la mefme raifon qui fit deffendre autrefois à ces peuples du Leuant de reprefenter le Soleil, rendroit mon action legitime. Ils creurent qu'vn aftre fi connu de tout le monde n'auoit pas befoin de cela, & que n'y aiant point de pinceau qui puiffe donner à fa figure le moindre rayon de fa lumiere, ni de fes influences, c'eftoit eftre temeraire, & lui faire tort tout enfemble,

EPISTRE.

d'auoir recours à des images imparfaittes. Mais ie me sens tomber, sans que i'y pense, dans l'inconuenient que i'ai eû dessein d'esuiter, si ie fais la reduction du respect de ces anciens, & de l'vsage de leur loi, à ce que ie veus icy obseruer. Il vault donc mieus que ie supprime mes plus iustes sentimens, & que renonçant à toutes les pensées qu'vn si grand sujet pourroit fournir à mon ame, ie lui face garder le silence que le respect de Vostre Eminence m'impose. Certes, pour adiouster ce seul mot, ses actions sont bien plus nobles, & par consequent moins exprimables, que celles du

EPISTRE.

Soleil, qui ne voit que l'vn ou l'autre hemiſphere à la fois, & qui ſemble abandonner l'vn des coſtez du Monde cependant qu'il eſclaire l'autre. Voſtre incomparable Genie embraſſe la conduitte de toute la Terre, & pourẏoit en meſmes temps à toutes ſes parties. Vos ſoins s'étendent vniuerſellement ſur tout le genre humain, qu'elle taſche de pacifier; & nous venons de reconnoiſtre dans l'indiſpoſition que vous auez ſoufferte, & qui nous a fait tous trembler, que ſon ſalut dépend en partie du voſtre, & ſon bonheur de voſtre conſeruation. Ie la demande à Dieu pour vn

EPISTRE.

bien si general, & particuliere-
ment pour celui de la France,
vous suppliant de me permettre
que ie me dise tousiours,

MONSEIGNEVR,

Vostre tres humble & tres-
obeïssant seruiteur,
DE LA MOTHE LE VAYER.

Extraict du Priuilege du Roy.

PAr Lettres patentes fignées,
par le Roy en fon Confeil,
Conrart & fellées ; Il eft permis à
M. DE LA MOTHE LE VAYER,
de faire imprimer par tel Impri-
meur qu'il voudra choifir, diuers
Opufcules ou petits Traittez en vn
ou plufieurs Volumes ; auec tres-
expreffes deffences à tous autres de les imprimer ny vendre
durant le temps & efpace de cinq
ans entiers, à compter du iour
que chaque Volume fera acheué d'imprimer pour la premiere
fois, fans le confentement dudit
fieur DE LA MOTHE LE VAYER,
fur peine de deux mille liures d'a-
mande applicables vn tiers au

Roy, vn à l'Hostel-Dieu de Paris,
& l'autre tiers au Libraire que
l'Impetrant aura choisi, de con-
fiscation des Exemplaires contre-
faits, & de tous despens, dom-
mages & interests. Comme il est
plus au long contenu ausdites
Lettres de Priuilege: Données à
Paris le 14. de Mars, l'an de grace
1643.

Et ledit sieur DE LA MOTHE
LE VAYER, a consenti que Iacques Villery, Marchand Libraire
Iuré à Paris, jouisse dudit Priuilege
à l'égard du present Volume, ainsi
qu'il a esté accordé entr'eux.

Acheué d'imprimer le 5. de No-
uembre 1644.

DE

DE
LA VIE
ET DE
LA MORT.

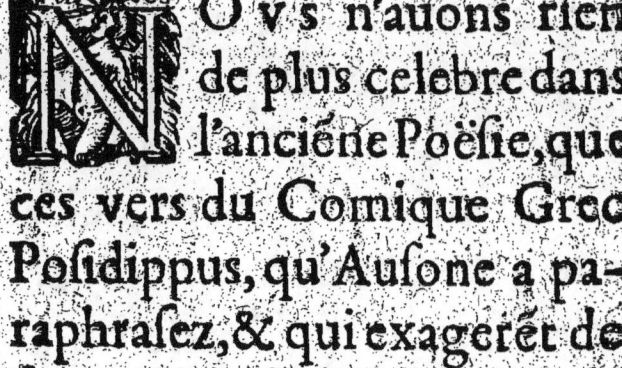OVS n'auons rien
de plus celebre dans
l'anciéne Poësie, que
ces vers du Comique Grec
Posidippus, qu'Ausone a pa-
raphrasez, & qui exagerét de
sorte toutes les conditions de
la vie, qu'on ne sçauroit s'em-

pescher apres leur lecture de
la mespriser. Mais le Philosophe Metrodorus prit plaisir à
former des antitheses contre
ce raisonnement, & à mon-
strer qu'il n'y a point de genre de vie qui n'ait ses douceurs , & qui ne nous puisse
contéter , pourueu que nous
l'enuisagions du bon biais.
Ce sont deus opinions oppo-
sees qui ne manquent pas de
sectateurs , & dont mesmes
nous embrassons tantost l'v-
ne ou tantost l'autre , selon
que nous trouuons en diuers
tems la vie fascheuse ou a-
greable. Car il y a des personnes qui la considerent

comme vn si grand bien, que
Mecenas entr'autres impor-
tunoit laschement & hon-
teusement le Ciel de la lui
conseruer, au milieu des plus
grandes miseres qu'il eust pû
ressentir , ce que Seneque
nôme *Mecœnatis turpißimum* Epist. 101.
votum. Et on peut se souuenir
de ce Mycerinus Roy d'Egy-
pte dont parle Herodote, qui Lib. 2.
pour viure vne fois plus que
l'Oracle n'auoit determiné,
passa, six ans durant, la nuict
aus flambeaus , croiant que
leur lumiere & ses veilles
rendroient cet Oracle men-
teur, & doubleroient le tems
de sa vie. Le dire de l'Eccle- Cap. 2.

siaste est ordinairement alle-
gué là dessus, qu'on fait plus
d'estat d'vn chien viuant, que
d'vn Lion mort. Sainct Augustin prefere dans ce sentiment la Fourmi & le Mous-
cheron qui ont vie, au Soleil
& à tout le reste des Astres.
Et ceus qui prennét la mort
pour le plus terrible de tous
les accidens terribles, semblent estre obligez par la doctrine des contraires, à soustenir, que la vie est la plus
plaisante chose du monde. Il
faut bien que ce violent desir d'en iouir nous ait esté in-
spiré par la Nature, ou pour
mieus s'expliquer, par la

cause premiere, qui com-
me immortelle nous donne
cette enuie de perpetuité,
puisque la pluspart des hommes en sont si transportez,
qu'il n'y a rien qu'ils ne facent pour cela. On sçait qu'-
vn Consul Romain pour vi-
ure deus ou trois momens
dauantage, eut la bassesse
d'esprit de demander aux
soldats de Pompée qu'ils lui
permissent de descharger son
ventre, deuant que de lui
oster la teste. Et si nous en
croions Trebellius Pollio, il *in Claudio.*
fascha mesmes à Moyse âgé
de plus de six vingts ans, de
perdre l'agreable lumiere du

A iij

Soleil. Pour le moins sça-
uons-nous auec certitude,
que ce fut autrefois vn priuilege de Patriarche d'arriuer à
vne extreme vieilleſſe, comme ce l'a eſté depuis au mieus
aimé des diſciples de noſtre
Seigneur. Les ſept Sages de
Grece furét gratifiez de meſme ſelon le ſiecle auquel ils
viuoient. Et la prouidence
diuine qui ne laiſſe pas les
monſtres long tems ſur terre, prononce apparemment
en faueur de ceus qui la quittent mal volontiers. A la verité d'autres ont obſerué que
beaucoup des plus grands
hommes de l'antiquité, & de

ceus mefmes que le merite
faifoit paffer pour enfans des
Dieus, ont efté de tres-courte
vie. Dion Chryfoftome le
prouue dãs quelqu'vne de fes
oraifons par Achille, Mem- Orat. 29.
non, Ephialte, Sarpedon, &
plufieurs encore. Homere
prolonge bien plus le deftin
de Therfite, que de pas vn de
fes Heros. Et l'on voit He-
ctor dans l'Iliade, mourir le
premier de tous fes freres.
Mais auffi n'ignorons nous
pas que ç'a efté de tout tems
vn fujet de plainte à ceus qui
ont efté fi hardis que de con-
troller les ordonnances du
Tout-puiffant. Les Poëtes

n'vſent pas ſeulement de leur
licence ordinaire , ils donnent iuſques dans l'impieté
ſur ce propos.

Ouid ; Am.
Eleg. 8.

Cum rapiant mala fata bo-
nos (ignoſcite faſſo)
Sollicitor nullos eſſe putare
Deos.

L'annaliſte Quadrigariu,
n'eſt gueres plus retenu dans
L. 17. c. 2.
Aulugelle, quand il accuſe le
Ciel d'iniuſtice auec ces termes profanes , *Hæc maxime*
verſatur Deorum iniquitas,
quod deteriores ſint incolumio-
res , neque optimum quempiam
inter nos ſinunt diurnare. Et
ceus qui ſe ſont contentez de
regretter auec moins d'irre-

uerence la perte touſiours
auancée des hommes ver-
tueus, que la Parque choiſit
comme les meilleurs fruicts
qui ſe cueillent des premiers,
n'ont pas laiſſé de teſmoigner
par là, auſſi bien que les Poëtes, l'eſtime qu'ils faiſoient
de la vie, puis qu'on ne peut
s'affliger que de la priuation
d'vn bien, ſoit qu'on le vou-
luſt retenir pour ſoy, ou pour
ſes amis, & ſoit que nous faſſions reflexion ſur nous meſmes, ou ſur d'autres qui meritent le mieus de le poſſeder.

Il ſemble qu'on pourroit
deſcharger le Ciel de ce re-

proche, en preſuppoſant, cõme on doit, qu'il ne ſe haſte
d'oſter l'vſage de cette vie
aus gens de bien, que pour
leur en donner vne meilleure. Et neantmoins pluſieurs
qui ſe ſont eſtimez fort mal-
heureus en cela ſeul qu'ils viuoient, ont voulu que les fils
des Dieus dont nous venons
de parler, n'ayét acheué leur
courſe de ſi bonne heure, que
par vne grace particuliere de
leurs parens, qui les deſchar-
gerent au pluſtoſt du peſant
fardeau de la vie. Elle eſt en
ce ſens conſiderée comme
vn mal poſitif, comme vne
penitence ordonnée à la race

des Titans, selon Dion Chry- Orat. 30.
sostome, ou pour mieus dire,
comme vn malheureux pe-
lerinage, qui donna le nom
d'Hebreus ou de passagers Euf. præp.
Eu.l.11 c.6.
aus enfans d'Israel. En effect
nous voyons que ceus des anciens qui ont cultiué la Morale auec le plus de reputation, prononcent nettement
qu'aucun ne receuroit la vie,
si elle estoit donnée à des personnes qui la connussent, &
qui fussent en liberté de la
pouuoir refuser ; & Sainct
Augustin mesme n'a pas creu L. 21.de Ciu.
Dei c. 14.
qu'il se trouuast vn seul hom-
me qui n'aimast mieus mourir que de retourner en en-

fance. C'a esté, si nous les en
croyons, vn stratageme de la
Nature, de produire les hommes dans l'incapacité de raison où nous voyons qu'ils
naissent, parce que pour peu
qu'ils en eussent, ils s'esloi-
gneroient tous de l'entrée
du Monde, comme d'vn lieu
où ils doiuent estre attaquez
de tant de miseres.

Virg. 6 Æn.   *Luctus, & vltrices posuere*
cubilia curæ,
Pallentésque habitant mor-
bi, &c.

Certes à contempler tout
ce qu'on y souffre, & tout ce
qui s'y prattique, on trouuera tousiours moins estran-

ge l'extrauagance de ceus
qui ne le confideroient que
comme l'ouurage des mau-
uais Demons. Il a donc falu
que nous beuffions tous deuant que d'y venir de cette
potion d'erreur & d'ignorance, dont Cebes nous a defcrit
la compofition. Auec ce me-
dicament empoifonné l'on
s'affectionne à la vie, l'on
aime fa prifon, & tous les
malheurs qu'on y reffent ne
nous empefchent pas d'en
trouuer le fejour agreable.

Heu quam dulce malum mor- Sen. in
talibus additum, Agam.
Vitæ dirus amor.

Si eft-ce que les cris dont

nous faisons retentir le premier air que nous respirons,
ne sont que de trop asseurez
presages de nos souffrances
futures. Plus nous viuons,
plus nous pleurons. Et le
sentiment de Callimache,
qui trouuoit Troile plus
heureus que Priam, parce
que dans vne plus courte vie
il auoit moins ietté de larmes que son pere, me sem-
ble beaucoup meilleur que
celuy de Tybere, qui enuioit
la felicité du mesme Priam
d'auoir suruescu à tous ses
enfans, comme si tout le prix
de la vie estoit en sa durée,
& que la qualité n'y fist rien

Cic. l. 1.
Tusc. qu.

Suet. in Tyb.
art. 62.

pourueu qu'elle euſt l'auan-
rage de la quantité. Ce n'e-
ſtoit pas l'opinion d'Apollonius, lors qu'il conſeilloit au
Roy de Perſe de laiſſer viure
vn Eunuche adultere, pour
luy donner vne punition pire que la mort. L'aduis de
Ceſar fut bien different,
quand il ſouſtint en plein
Senat qu'on ſeroit trop mi-
ſericordieus d'oſter la vie aus
complices de Catilina, dont
il leur falloit prolonger le
cours pour vn plus grand
ſupplice. Et ces Preſtres ou
Philoſophes d'Egypte auoiét
bien d'autres penſées de noſtre durée icy bas, qui ſuffo-

Philoſtr.l. 1.
c. 23.

quoient dans vne fontaine sacrée leur Dieu Apis apres vn
certain tems; quoi que sa vie
fust accompagnée de tant de
voluptez, qu'Aristote la iuge
preferable pour ce regard à
celle de beaucoup de Monarques. Car pourquoi l'eussent-
ils accourcie si sa longueur
eust peû la rendre meilleure,
ou plustost s'ils n'eussent voulu nous instruire par ce mystere, que la plus parfaite se
pert vtilement, & que les
plus longs iours ne sont pas
les plus heureus; puis qu'ils
abregeoient ceus mesmes du
Dieu qu'ils reueroient. Cela
me fait souuenir d'vne autre
Diuinité

Amm. Marc.
l. 22.

Ethic. Eud.
l. 1. c. 5.

Diuinité beaucoup moindre dans la Theologie Payenne, qui feruoit neantmoins aus anciés pour eſtablir vne mo-ralité ſemblable. Ils firent croire au peuple que le bon homme Silene fut vne fois arreſté à la chaſſe par le Roy Midas, qui ne le quitta point qu'apres auoir appris de lui ce ſecret pour le rachapt de ſa libertè, que le premier & ſouuerain bien conſiſtoit à ne naiſtre point; le ſecond, à ſor-tir du monde auſſi toſt apres qu'on y a fait ſon entrée. Ci-ceron tire auſſi vn fort argu- L. 1. Tuſc. qu. ment du chant qu'on attri-buë au Cygne quand il eſt

B

prest d'abandonner la vie,
comme s'il ressentoit quelque ioye, & s'il auoit quelque connoissance de ce qu'il
se voit presque deliuré d'vne
si rude prison; ce qui le fit autrefois consacrer au Dieu des
sciences. Et de verité s'il n'y
a point d'animaus dont la vie
soit sujette à tát d'infortunes
que la nostre, selon les conje-
ctures des Philosophes, pour
ne rien dire des asseurances
qu'en donnoit Pythagore,
qui se vantoit d'estre fondé
sur l'experience, nostre fin
deuroit estre accompagnée
de bien plus de chants d'alle-
gresse que celle du Cygne,

Luc, in
Somn. seu
Gallo.

puis que ny luy, ny tous les
autres, ne tirent point tant
d'aduantage de cette mesme
fin, que nous faisons. Au de-
faut d'vne gayeté semblable,
qui ne s'accómode pas auec
le chagrin ordinaire de nos
derniers iours, ny auec la
douleur presque ineuitable
dans la separation de ce qui
nous compose, beaucoup de
Nations ont eu l'vsage de tes- *Thrasas,*
Cassones,
moigner leur affliction à la *&c.*
naissance des hommes, &
de se réjoüir extraordinairement lors qu'ils quittoient
la vie. Cela suffit pour faire
voir que tout le monde n'en a
pas la mesme opinion, & que

B ij

plusieurs l'ont tenuë pour
vne peine ordonnée du Ciel,
plustost que pour vn bienfaict dont ils luy fussent re-
deuables.

Il y a vne voye moyenne
entre ces deus sentimens, qui
n'est pas seulement appuyée
sur l'indifference Academi-
que, ou sur la suspension d'esprit des Sceptiques ; elle a
l'approbation de la plus ri-
goureuse philosophie. Seneque qui en faisoit profession
determine dans vne de ses
epistres que la vie n'est d'elle-
mesme ny bien, ny mal, mais
seulement le lieu où l'vn &
l'autre se rencontrent, *vita*

Ep. 100.

nec bonum nec malum eſt , boni
ac mali locus eſt . Thales auoit
ſans doute cette péſee, quand Diog. Laer.
in Thal.
il ne mettoit nulle difference
entre la vie & la mort , de
ſorte qu'il reſpondit à celuy
qui luy demanda pourquoy
donc il ne mouroit pas , que
c'eſtoit parce qu'on ne prenoit iamais de parti dans des
choſes indifferentes. Euripide nous a laiſſé auſſi deus vers
fort celebres dans l'Eſchole Sext. Pyrrh.
Hyp. l. 3. c.
14.
là deſſus, par leſquels il doute
ſi ce que nous appellons vie,
n'eſt point vne mort à le bien
prendre ; & ſi la mort au contraire, telle que nous la nommons vulgairemēt, n e ſeroit

point mieus nommée noftre
vie. *Nunc commilitones Epa-*
minondas vefter nafcitur, quia
fic moritur, difoit ce grand
Capitaine. Pour Socrate, fes
dernieres paroles font prefque de melme fubftance. Il
declara qu'il ne croyoit pas
qu'homme viuant fçeuft s'il
eftoit plus auátageus de pof-
feder la vie, que d'en eftre
priué; & qu'il n'y auoit indu-
bitablement que les Dieus
immortels, felon la façon de
parler de fon fiecle, qui euffent la connoiffance de ce
myftere. Auffi remarquoit-il
que fon Demon prohibitif,
& qui le deftournoit touf-

jours des choses mauuaises,
ne l'empeschoit pas de quitter ce monde, comme n'y
ayant point de mal essentiel
en cela. Que si la vie n'a rien
que d'indifferent, on ne peut
pas dire que sa longueur ou
sa briefueté la puissent rendre pire ou meilleure, ny par
consequent que celuy qui
vit vne fois plus qu'vn autre,
ait quelqu'auantage sur luy.
En effect comme vn homme
de taille mediocre n'est pas
moins homme qu'vn Geant,
& de mesme qu'vn petit cer-
cle n'a pas moins de perfectiõ
ny de rondeur qu'vn plus
grand, nostre vie reçoit par

fois tout son accomplissemẽt
dans vn fort petit espace de
tems, ce qui la rend peut-
estre plus considerable, parce
que l'art ny la Nature ne sont
iamais si admirables, que
quand ils renferment beaucoup dans vn lieu de peu d'é-
tenduë. Trois actes, dit Marc
Antonin, font par fois toute
la Comedie de cette vie, qui
n'est pas moins bonne pour
cela, ny moins acheuée, que
si elle en auoit cinq. Il ne faut
pas vouloir estre plus long
tems sur le theatre que les
loix dramatiques ne le portent, ny s'opiniastrer à demeurer sur l'arene, quand le

L. 11. de vi-
ta sua. in fi-
ne.

peuple demáde de nouueaus
gladiateurs. Et pourquoi noftre vie feroit elle de pire condition pour eftre cópofee de
peu de iournées, s'il n'en faut
qu'vne pour nous reprefenter toutes celles de l'eternité?
Vnus dies par omni eft, felon
le mot d'Heraclite. Et fi nous
en croyons le mefme Empe-
reur de qui nous venons de
parler, quiconque a bien &
attentiuement contemplé le
prefent, fe peut affeurer d'a-
uoir veu tout ce qui a efté depuis la creation de l'Vniuers,
auec tout ce qui fe pourra remarquer iufques à la con-
fommation des fiecles; parce

L. 6.

qu'il n'y a rien icy bas qui ne
soit de mesme genre, & dans
vn si parfait rapport ou conformité, que les choses d'auiourd'huy sont des images
parfaittes de celles qui ont
esté, & qui seront à l'auenir,
πάντα γὰρ ὁμογενῆ, ϰ̀ ὁμοειδῆ. Pour le
moins se peut-on asseurer,
que dans la reuolution d'vne
année l'on a veu toutes les faces de la Nature. Il ne reste
apres à obseruer que le plus
& le moins, qui ne changent
pas l'espece. Et quoy qu'Empedocle ait voulu dire, nom-
mant le monde imparfaict à
cause de ses nouueautez, cō-
me les saisons y paroissent

vniformes, & font toufiours
les mefmes, nous y coulons
auffi noftre vie d'vn pas égal,
fans nous pouuoir vanter d'y
trouuer de nouuelles fatisfactions, ny d'y efprouuer au-
cuns nouueaus plaifirs.

--*verfamur ibidem atque* Lucr. l 3.
infumus vfque,
Nec noua viuendo procudi-
tur vlla voluptas.

Que fi nous deuons auoir la
vie pour indifferente en çe
qui touche la quantité, tenons pour affeuré que c'eft à
peu pres la mefme chofe à l'é-
gard de la qualité. Il n'importe pas quel perfonnage
nous y iouions, pourueu que

nous nous en acquittions bié
& au gré de celuy qui nous
l'a distribué.   Nous l'auons
desia comparée à vne Comedie, où l'on acquiert souuent
plus d'honneur en faisant le
gueux excellemment, qu'en
representant mal vn Prince.

Enchir. c. 20.
& 22. Epictete vse de cette autre si-
militude, que nous sommes
icy bas comme en vn grand
festin, où chacun se doit contenter de ce qui est deuant
luy, sans rechercher auec in-
ciuilité le reste qui s'y trouue
hors de sa portée, & sur tout
sans s'efforcer de retenir les
plats quand on est prest de
desseruir.   Tenons donc no-

stre ame dans vne disposition
propre à rendre le depost de
la vie, autant de fois qu'il
nous sera redemandé. Con-
sentons librement à la remise
d'vne chose indifferente, encore qu'elle nous ait esté cô-
mise sans nostre consente-
ment. Et faisons nostre comte que l'âge d'vn animal E-
phemere, qui se voit caduc
le soir du mesme iour qu'il a
pris naissance, n'est pas moins
accompli que celuy d'vn Ar-
terphius, d'vn *Ioannes de
Temporibus*, ou de quelque
autre *Macrobie* qui auroit
approché de leur viuacité, si
ce mot peut exprimer en

François, auſſi bien qu'en Latin, leurs longues années.

C'eſt le meilleur moyen
dont on ſe puiſſe ſeruir pour
ne point apprehéder la mort,
que de ne pas mettre la vie à
trop hault prix, à quoy nous
auons taſché d'accommoder
la premiere partie de ce diſcours. Et puis que de toutes
les applications de noſtre eſprit il n'y en a point de plus
vtile, ny de plus philoſophique, que celle qui regarde la
fin de noſtre Eſtre, donnôs lui
le reſte de ce Traitté, & apres
auoir conſideré les raiſons de
ceus qui en ont eu de ſi grandes apprehenſions, cherchôs

d'autres raiſonnemens qui
nous puiſſent deliurer de
crainte, & nous rendre, s'il
y a moyen, la mort auſſi indifferente que la vie. L'vtilité de cette meditation eſt
toute manifeſte, parce que
l'vſage des reflexions qu'on y
fait, & des reſolutions qui s'y
prennét, eſt infaillible. Beaucoup de perſonnes ſe prepa-
rent contre la douleur, contre la pauureté, ou contre
d'autres inconueniens ſemblables, qui ne deuiennent
neantmoins iamais malades,
neceſſiteus, ny affligez des
maux contre leſquels ils s'é-
toient ſi bien fortifiez. Mais

à l'esgard de la mort, comme
elle est la chose du monde la
plus asseurée, nostre ame ne
sçauroit acquerir d'habitude
à la receuoir genereusemét,
que nous ne soyons certains
de nous en preualoir tost ou
tard, voire mesmes qui ne
soit de mise à toutes les heures du iour, à cause qu'il n'y
en a point où nous ne puissions trouuer nostre derniere destinée, ny de lieu où
nous ne la deuions attendre,
puisque nous ne sçauons pas
celuy où elle nous attend.
L'on ne sçauroit douter aussi
que cette pensee ne soit de
celles dont la philosophie
s'entre-

s'entretient le plus volontiers, veu que la meilleure
partie de ses professeurs ne
l'ont point autrement defi-
nie qu'vne contemplation de
la mort. Et certes s'il est
vrai que le plus grand contentement des Philosophes
consiste dans cette esleuation
d'esprit, qui les eslongne entierement du corps; on peut
dire que leur vie est vne espece de mort, qu'ils prennent
plaisir à mourir, & qu'ils s'y
accoustument autant de fois
qu'ils vsent de ces abstractiós
& de ces ecstases qui leur sont
si familieres. Le reste des hó-
mes ne quittét le monde que

par force, & il semble que la
nature leur face violâce quãd
elle les en separe. Ceus-cy se
Orat. 50.
seruent de la raison cóme d'v-
ne lime, dit fort bien Dion
Chrysostome, par le moyé de
laquelle ils rópent peu à peu
les liens qui les tenoient attachez. Il ne faut pas pourtant
que cette comparaison nous
face imaginer des liaisons
fort solides, où il n'est question que de filets d'araignée.
Ceus des Parques qui tiennent toutes nos vies suspen-
duës, sont encore plus fragi-
Dial. Mccu.
& Char.
les si nous en croions Lucien,
qui fait tomber sans bruit les
moins esleuez d'entre-nous,

& auec grand retentiſſement
les autres dont l'exaltation
rend la cheute plus peſante.
En effect les Princes n'ont
point de priuilege en cela ſur
les moindres artiſans, encore que la fin des premiers
n'arriue iamais qu'elle ne ſe
faſſe entédre de toutes parts,
& que celle des autres ſoit à
peine ouye ni reconnuë de
leurs plus proches voiſins.

Commençons maintenant
à examiner ce que la mort
peut contenir de faſcheus en
ſoi, ou de terrible en apparance. Lon a obſerué qu'encore que les anciens euſſent
conſacré des Temples à beau-

coup de maus fous le nom
de *Veioues*, ou de Diuinitez
à craindre, comme les Ro-
mains à la Fieure & à la mauuaife Fortune, les Atheniens
à l'Impudence & à l'Injure;
ils n'efleuerent pourtant iamais d'autels à la Mort, fur
ce fondement qu'elle eftoit
feule qui ne fe pouuoit fle-
chir par priere, ny gangner
par quelque offrande qu'on
lui fçeuft prefenter. L'Apo-
logue d'Efope dit bien qu'vn
pauure vieillard fatigué du
trauail iufques au defefpoir,
inuoqua la Mort à fon fe-
cours, qui l'effraua fi fort
en fe monftrant à lui, qu'il

fit mine de ne l'auoir appel-
lée qu'afin de lui aider à reprendre ſon fardeau. Mais
cette fable n'eſt pas inuentée
pour rendre la mort moins
inexorable : ſon ſens myſti-
que ne va qu'à nous faire cõ-
prendre combien elle eſt eſ-
pouuantable, & auec quelle
ſecrette puiſſance la Nature
nous fait abhorrer vne ſepa-
ration des deus parties dont
nous ſommes le compoſé.
Sans mentir c'eſt par vn mouuement bien phyſique, puis
que les enfans meſmes par
fois & les beſtes brutes craignent d'en venir là, ce que
les vns & les autres teſmoi-

gnent assez à la veuë des precipices. Quoi, les plus miserables des hommes ne tas-
chent-ils pas d'euiter le trespas? Et Philoctete dans ses
plus insupportables douleurs
ne tiroit-il pas encore aus
Oiseaus, pour prolonger autant qu'il lui estoit possible
ce terme fatal, selon la belle
remarque de Ciceron? En
effect la priuation de l'Estre
donne naturellement de
l'horreur à nostre esprit, parce qu'elle se presente à lui
comme ces abysmes qui
n'ayant point de fonds es-
fraient la veuë & touchent
l'ame d'estonnement. Ce qui

l. 5. de Fin.

me paroiſt de plus calamiteus
en cela, c'eſt que le reſte des
animaus ne penſent à la mort
que dans l'inſtant qu'elle s'ac-
coſte d'eus , & qu'ils ſont
preſts de la ſouffrir ; au lieu
que l'homme eſt ſi miſerable
qu'il en a l'idée ſans ceſſe deuant les yeus, il ſçait durant
toute ſa vie qu'il doit mourir;
& comme vn criminel ad-
uerti de ſon Arreſt, l'imagination du ſupplice qu'il faut
qu'il endure le trauaille plus
que le ſupplice meſme. Il
ne ſe peut auſſi que cette reduction au neant de tout ce
qui eſt cher dans la vie, auec
vne priuation entiere de tant

C iiij

d'auantages qui diſtinguent
les Grands du commun , &
ceus qui ſont dans l'affluen-
ce de tous biens des autres
qui ont touſiours veſcu dans
le meſpris & l'infortune,
n'afflige merueilleuſemét les
premiers,qui ſe voient preſts
d'eſtre eſgalez aus plus che-
tifs & aus plus mal-heureus
des hommes.   Faiſons les
Rois ou les Cheualiers tant
que nous voudrons, auſſi toſt
que la partie ſera acheuée,
nous entrerons tous confu-
ſément dans vne meſme boe-
ſte , où nous ne ſerons pas
plus conſiderez que le moindre pion.   C'eſt ce qui rend

Menippe si esmerueillé là
bas, lorsqu'il n'y peut reco-
gnoistre Thersite d'auec le
beau Nirée, Irus d'auec le
Roi des Pheaciens, ni le cui-
sinier Pyrrhias d'auec Agamemnon. Encore y a-t'-il
cette double disgrace pour
ceus qu'on croit auoir toutes choses à souhait en ce
monde, que comme les plus
considerables d'entre les for-
çats sont le plus estroittemét
tenus à la cadene, & rom-
pent leurs liens beaucoup
moins facilement que les autres, à cause de la grosseur &
solidité de leur chaisne; les
hommes puissans & heureus,

Luc. in Ne-
cyon.

qui sont attachez à la terre
par tant de fortes considerations, sont ceus de tous qui la
quittent le plus mal-volon-
tiers, & qui brisent leurs fers
auec dauantage de douleur
& de violence. Cependant
il faut tout abandonner, richesses, honneurs, plaisirs,
femmes, amis, & enfans; la
faulx de Saturne separe im-
pitoiablement tout cela de
nous, quand il lui plaist de
nous moissonner.

Virg. Ecl. 1.   *Insere nunc Melibæe pyros,*
pone ordine vites.

Certes nous trouuerons deus
choses à la fin, la premiere
qu'il n'y a rien plus vain que

d'amaſſer auec tant de ſoin
& d'auidité ce que nous ferons contrains de laiſſer vn
iour ſi fort à regret; & la ſe-
conde, que la Mort doit eſtre
neceſſairement vn grand mal
par la raiſon des contraires,
puis qu'elle nous priue de
tous les biens dont noſtre nature ſe peut attribuer la ioüiſ-
ſance. Ie ne veus rien adjou-
ſter pour fortifier vn ſentiment ſi ordinaire, que le ſeul
raiſonnement de Saphon
rapporté par Ariſtote, qu'il L. 2. Rhet
faut bien conclure que c'eſt c. 23.
vn mal de mourir, veu que
les Dieus ne meurent point.
Tournons maintenát la me-

dalle, & nous arreſtons à contempler d'autant plus ſoi-
gneuſement ſon reuers, que
tous les lineamens en ſont in-
ſtructifs, comme aiant eſté
formé des plus beaus traits
de la Philoſophie.

Tertullien a mis ſur la fin
de ſon Apologetique vne repartie de Zenon Eleate à Denis le Tyran, qu'il ne lui peut
pas auoir faite, puis que Zenon eſtoit plus ancien que ce
Roi de bien vn ſiecle & demi.
Mais ſoit qu'il en ait vſé enuers Nearche, ou enuers Dio-
medon, qui ſont les deus Tyrans auec qui nous voions
dans Diogenes Laertius que

Zenon pût entrer en confe-
rence, sa repartie fut tres-
notable à l'esgard du sujet
que nous traittons. On lui
auoit demandé ce que la Philosophie pouuoit donner à
ceus qui faisoient profession
de la cultiuer. Il fit response, qu'elle leur inspiroit le
mespris de la mort, dont il
tesmoigna en suitte qu'il a-
uoit tres-bien fait son profit.
De verité la philosophie mesmes des Payens a eu de grandes lumieres là dessus. Elle
enseignoit que sans ce mespris il estoit impossible d'a-
uoir l'esprit tranquille. Elle
monstroit que c'estoit folie

de craindre vne chofe certaine & ineuitable : Qu'il n'e-
ftoit pas moins naturel de
mourir que de naiftre : Qu'vn

Cic. l. de Sen.

enfant n'auoit vrai-femblablement pas moins de peine
à l'vn qu'à l'autre : Et que
pour nous rendre la mort
plus familiere , la Nature
nousfaifoit en quelque façon
mourir tous les iours , quand
elle nous affujettiffoit à prendre le fommeil. N'eft-ce pas
encore la Philofophie qui
rendit à mefme deffein lefe-
jour des ames feparées fi a-
greable? & qui donna le nom
à ces chams Elyfiens , pour
tefmoigner vne deliurance

de toute inquietude par la
mort, & vn aneantiſſement
de tous maus? Elle ordonna
meſmes exprez que les corps
ſeroient enterrez parmy des
Oliuiers, pour ſignifier que
ceus qui repoſoient deſſous
eſtoient deſormais dans vn
païs de paix & de plein repos.
Mais parmy tant de beaus
preceptes elle a paſſé par fois
iuſques à des termes où il faut
bien prédre garde de ſe meſ-
prendre. Car quand elle a dit
que c'eſtoit vne meſme choſe de n'eſtre plus, & de n'auoir
iamais eſté, qu'il n'y auoit pas
plus de raiſon d'apprehender
pour ceus qui mouroient,

que pour ceus qui n'estoient
pas encore nais, & qu'apparemment la mort qui nous
priue de tout sentiment, ne
laissoit rien à ressentir apres
elle; l'on ne sçauroit nier que
son raisonnemét n'allast contre l'immortalité de l'ame,
que beaucoup de Philoso-
phes ont osé nier. Lors que
d'ailleurs cette mesme philosophie a permis de se tuer
soy-mesme, sur ce pretexte
que la vie ne seroit qu'vne
pure seruitude si lon en retrã-
choit la liberté d'en sortir autant de fois que le chagrin, la
vieillesse, les maladies, ou
quelqu'autre cause nous y
                    conuie,

conuie, il ne fault point douter qu'elle n'errast bien lour-
dement. Celuy qui trouue
qu'il sortit plus de gloire que
de sang des playes que se fit
Caton d'Vtique ; cét autre
qui presenta vn poignard à
son amy malade, luy deman-
dant s'il auoit besoin de plus
d'assistance ; & ceus qui ont
loüé si haultement vn Cala-
nus sous Alexandre, vn Zar-
marus sous Auguste ou Ti-
bere ; & vn Euphrate sous
Hadrien, pour s'estre volon-
tairement bruslez ou empoi-
sonnez, ont tous suiuy sans
difficulté vne tres-dangereu-
se morale, comme fort con-

Val. Max. l.
1. c. 6.

Diog. An-
tisth. apud
Iudia. or. 6.

D

traire au Christianisme. Si
est-ce que hors de ces extremitez vicieuses, & de quelques autres semblables, la
pluspart des Philosophes se
sont tellemét esleuez au reste
du sujet que nous traittons
par la seule bonté de leur nature, que nous ne sçaurions
trop admirer la conformité
de leurs sentimens auec nos
veritez reuelées.   Salomon
pronónce dans son Ecclesiaste que le iour de nostre trespas est beaucoup plus à priser
que celui de nostre naissance.
Il auoit desia declaré qu'apres
s'estre profondement entre-
tenu de tout ce qui se passoit

Cap. 7.

Cap. 4.

en ce monde, il eſtoit contraint de faire plus d'eſtat de
ceus qui l'auoient abandon-
né, que des autres qu'on y
voioit iouïr de la vie, tenant
d'ailleurs pour le mieus fortuné de tous, celuy qui eſtoit
encore à naiſtre. Et nous li-
ſons dans le Deuteronome, cap. 28.
entr'autres imprecations côtre les traſgreſſeurs des com-
mandemens de Dieu celle-
cy, qu'ils craindront nuiĉt &
iour de perdre la vie, & qu'ils
ne pourront eſtre deliurez de
l'apprehenſion de mourir.

Qu'y a t'il en cela qui ne ſe
rapporte parfaittement bien
auec ce que nous auons deſia

exposé des opinions philosophiques, & ce que nous en
verrons dans la suitte de ce
discours. Heraclite faisoit
vne reflexion qui merite, au

L. 4. de vita
sua. iugement de Marc Antonin
d'estre bien auant imprimée
dans la memoire de tous les
hommes, que puisque les
Elemens mesmes dont nous
sommes composez meurent
visiblement les vns dans les
autres par la resolution ou
transmutatió reciproque qui
se fait entr'eus, il faut estre
bien iniuste pour se plaindre
de la mort, qui n'espargne pas
ces grands corps si simples, &
de qui nous tenons la plus

grāde partie de noſtre Eſtre,

Naſcentes morimur, finiſque Manilius 4 aſtron.
   ab origine pendet.

Le meſme Empereur adjou-
ſte vne meditation tres-di-
gne de lui. Suppoſons, dit-
il, que l'Oliue fuſt capable de
diſcours, elle ne ſe faſcheroit
pas ſans doute de tomber en
terre lors qu'elle eſt en maturité, elle remercieroit pluſtoſt l'arbre qui l'a produite,
& qui lui a fourni durant vn
ſi long tems la nourriture
dont elle auoit beſoin. Nous
ſommes des fruicts meurs
qui tombons naturellement
quand noſtre heure eſt venuë; au lieu d'en murmurer,

rendons graces à celui qui
nous a fait arriuer iusques à
ce terme, de qui nous te-
nons tout ce que nous sommes, & qui vrai-semblablement n'ordonne rien en cela
que pour nostre bien. En
verité c'est vne chose fort
estrange, dit Seneque, de
voir que les fous, ni les enfans, n'apprehendent presque point la mort, & que
nous ne puissions en vser de
mesmes, ni obtenir de la raison vne asseurance que leur
donne l'imbecillité ou la folie. Nous ne sçaurions seulement acquiescer aus arrests
du Ciel qui nous separent de

Ep. 36.

nos amis. Et nous ne voions
pas qu'en nous pleignant de
leur mort, nous nous affli-
geons de ce qu'ils eſtoient
hommes ; & ne ſommes pas
moins iniuſtes ni ridicules,
ſelon la penſée d'Epictete, Arria. l. 3.c.
que ſi nous voulions retenir ²4.
des grappes ſur la vigne, ou
des figues attachées à leur
branche, pendant les plus
grandes rigueurs de l'Hy-
uer.

Mais que le coup de la Parque ſoit lent ou prompt, que
nous le reſſentions toſt ou
tard, d'où vient s'il eſt vn mal
que le Ciel l'a ſouuét octroié,
comme à Pindare, pour re- Heſych.

D iiij

compenſe aus hommes de
vertu? Tibere fit reſponſe à
quelqu'vn qui lui demandoit
en grace la fin de ſa vie, qu'ils
ne s'eſtoient pas encore re-
conciliez enſemble, pour lui
accorder cette faueur. Et
quand les Numantins ſtipu-
lerent en ſe rédant à Scipion
vn iour pour ceus qui ſe voudroient faire mourir, ils teſ-
moignerent bien quel eſtoit
leur ſentiment de ce dernier
paſſage. Cela me fait ſouuenir d'vn traict de Philippe de
Macedoine, à la priſe par force de la ville d'Abyde. Car
voiant que tous les habitans
de cette place infortunée ſe

Suet. in Tib.

Appian. de
bello Hiſp.

Polyb. l. 16.
hiſt.

tuoient les vns à l'enui des autres, il les fit aduertir par vn
cri public qu'il accordoit l'efpace de trois iours à tous ceus
qui fe voudroient pendre
où poignarder, par vn genre
merueilleus de mifericorde.
Tant y a que ceus qui ont eu
de femblables penfees de la
mort, ne l'ont pas eftimée le
plus grand ny le plus terrible
de tous les maus, puis qu'ils
luy ont mefmes donné quelque degré de bonté, d'où ils
ont creu que dependoit fouuent noftre felicité. Ce fameus Tyran de Sicile enuoia
fignifier au Capitaine des habitans de Rhegio fon prifon- Diod. Sic. l.
14.

nier, deuant que de le faire
mourir, que son fils auoit esté
ietté dans la mer le iour precedent par son ordre. La response du pere à cét inhumain
fut, qu'il auoit rendu vn fils
plus heureus de vingtquatre
heures que celui qui lui auoit
donné la vie. Hormisdas architecte Persan se trouuant
pressé par l'Empereur Con-
stantius, de lui dire ce qu'il
trouuoit de plus beau dans la
ville de Rome ; ne fit point
de difficulté de lui auoüer,
que rien ne lui auoit tant
pleu depuis qu'il y estoit, que
d'apprédre comme les hom-
mes n'y mouroiét pas moins

Platina in
vi. Fœl. 2.

qu'en tout autre lieu. Et ie
vois vn ieune homme dans
Dion Chryſoſtome, qui preſt
de rendre l'ame proteſte qu'il
s'empeſchera bien, ſelon les
termes d'Homere, de refuſer
vn preſent des Dieus, nom-
mant ainſi la mort qu'il auoit
ſur le bord des leures. Par
effect ſoit que nous la pre-
nions pour vn bien, ou que
nous en faſſions vn mal, nous
la deuons touſiours receuoir
tres-volontiers. Car ſi elle eſt
vn bien ſelon le ſentiment de
ceus de qui nous venons de
parler, quelle apparance y a
t'il de la craindre? Que ſi elle
doit eſtre miſe dans la cate-

In Charid. or. 30.

gorie du mal, en ce cas là mefme il la faut confiderer comme vn bien, parce qu'elle
nous deliure de la crainte que
nous auions d'elle, & que par
fon moien nous deuenons
quittes d'vn mal qui eftoit
ineuitable. C'eft pourquoy ie
trouue que ce noble & ancié
Rheteur Alcidamus, pour
lui donner les mefmes tiltres
L. 1. Tufc.
qu. dont Ciceron l'a honoré, ne
s'exerçoit pas fur vn fujet fi
paradoxique qu'on a creu,
lors qu'il efcriuit l'Eloge de
la Mort, où il emploia plus
d'eloquence que de raifons
philofophiques, qui lui deuoient neantmoins fournir

les principales forces de son
discours. La philosophie luy
eust facilité les moiens de
prouuer qu'il ne peut y auoir
de mal sensible, dans vne separation qui se fait en vn instant, puisque l'entendement
mesme plus subtil que les sens
ne l'apperçoit pas, & ne con-
noist qu'imparfaittement les
choses momentanées. Elle
l'auroit instruit des faultes
apparences qui nous font
prendre la vie pour vn bien,
quoy qu'elle soit vne veritable paralysie de l'ame, dont
la mort seule nous deliurant,
on ne la sçauroit nommer
mauuaise sans cõmettre vne

manifeste iniustice. Et des-
couurant encore le masque
trompeur qui nous rend cette mesme mort si hideuse, la
philosophie lui auroit fait re-
cónoistre comme ce ne sont
que les accidens & les acces-
soires du trespas qui nous es-
fraient, & qui nous donnent
de si grandes apprehensions
d'vne chose essentiellement
bonne, ou pour le moins indifference,

Virg 6. Æn.

Terribiles visu formæ le-
  thumque, laborque.

Ne voiez vous pas que le Poëte ne la nomme terrible qu'à
la veüe seulement, & dans
l'exterieur, pour nous faire

comprendre qu'en effect, &
d'elle mefme, elle n'a rien de
tel. Mais nous recueillons
au moins cét auantage du
feul tiltre qui nous refte de
la compofition d'Alcidamus,
de voir que tout le monde
n'a pas fi mal péfé de la mort,
ny eu de fi grandes auerfions
d'elle que nous le fuppofions
tantoft. Si les Grecs ny les
Romains ne lui drefferent iamais d'autels, les Efpagnols
ne laifferent pas d'en efleuer
à la Vieilleffe fon auantcou-
riere, & de chanter auec des
réjouïffances publiques aus
funerailles de leurs amis, felon que nous l'apprenons de

Philoſtrate. C'eſt ce qui ſe
prattique encore tous les
iours en beaucoup de lieus,
où les feſtins ſont adiouſtez
aus autres gaietez, par vn
vſage qu'on a trouué eſtabli
iuſques parmi les plus barbares nations du nouueau mó-
de. Et quand la primitiue E-
gliſe ſe ſeruoit de meſmes du
chát d'allegreſſe *Alleluya* aus
enterremens des fideles, elle
nous vouloit oſter ſans doute
cette grande terreur de la
mort, nous appriuoiſer auec
elle, & nous apprendre en ſa
faueur plus que les Poëtes,
les Orateurs, ny les Philoſophes ne nous ont iamais en-
ſeigné. l'a-

I'auoüe qu'il se rencontre
bien plus de personnes de
l'humeur dont estoit Solon,
qui veulent pleurer, & estre
pleurez, que de celle d'En-
nius, qui deffendit qu'on ver-
sast la moindre larme sur son
tombeau. Auguste neant-
moins fut de ce dernier auis,
cōiurant ses meilleurs & plus
priuez amis vn peu deuant
qu'il expirast de frapper des
mains, & de lui applaudir
ioieusement, apres leur auoir
demandé s'il ne s'estoit pas
bien acquitté de son personnage, & s'il n'estoit pas heureusement arriué au dernier
acte de sa vie. Et nous lisons

Suet. in Oa.
art. 99.

E

dans l'histoire Ethiopique
que le Secretain d'vn Temple reprit seuerement Thea-
gene & Chariclée, d'auoir
pleuré le Pontife Calasiris
contre les ordonnances diuines.   A n'en point mentir, ie
croi que c'est le meilleur parti qu'on puisse prendre là dessus, quoi qu'il soit le moins
suiui, que d'acquiescer doucement à la commune destinée. Il est fauorisé des premieres constitutions Romai-
nes, qu'on nommoit des dou-
ze tables. Il a toute l'Eschole
de Pythagore qui le recom-
mande, pour ne rien dire des
autres sectes philosophiques.

L. 7.

Iambl. de vi-
ta Pyth. c. 32.

Et puis qu'on loüe vniuersel-
lement ceus qui meurent volontiers, & qui tesmoignent
de la generosité à quitter le
monde ; quelle apparence y
auroit-il de porter impatiem-
ment la fin des autres, & de
se plaindre amerement sur
leur fosse. Ie sçai bien que
dans Eginard Charle-magne
verse des pleurs, qui sont le
sang d'vne ame blessee, selon
quelque Grec, à la mort de
ses enfans. Ie n'ignore pas
qu'vn Louis de Bourbõ tom-
ba dans l'eternel sommeil sur
le tombeau de son pere Vice-
roi de Naples, par vn ressentiment encore plus violent

que celui qui nous oblige à
respandre des larmes. Ie me
souuiens assez que Seneque
mesmes, auec toute son austerité, ne laissa pas d'en ietter abondammét, & des plus
chaudes par sa propre confes-
sion, au trespas d'Annæus Se-
renus, sur cette mauuaise raison qu'il ne s'estoit iamais
imaginé de lui deuoir rendre ce dernier office. Et ie
veus bien encore fortifier ce
costé là de la repartie dont se
seruit Crassus contre Domitius. Celuicy reprochoit au
premier qu'il auoit porté le
dueil d'vne lamproie, & l'a-
uoit honorée de ses pleurs

Ep. 64.

aussi bien que de la sepultu-
re. Et toi Domitius, lui ref-
pondit Craffus, tu as veu
mourir trois femmes legiti-
mes l'vne apres l'autre deuãt
tes yeus, fans auoir eu iamais
befoin de les effuier. Mais
defia ie vois que Seneque a le
premier de tous condamné
fon action. La refponfe de
Craffus accufe feulement de
dureté vn homme, qui ne ref-
fentoit pas les premiers &
plus excufables mouuemens
de la Nature. Et les raifons
que nous venons de toucher,
qui combattent ces exem-
ples de foibleffe, font fi puif-
fantes, que nous ferions in-

iuftes fi nous ne leur donniós
le deſſus. Il y a des ames tellement infirmes que toute ſorte d'objets les eſmeuuent, &
lon ſçait que la ioie n'a pas
moins tué de perſonnes que
l'affliction. Les Grands ſont
ordinairement les plus delicats en cela. Aucun n'oſeroit
paroiſtre veſtu de bleu deuãt
le Mogol, parce que c'eſt la
couleur dõt on porte le dueil
dans ſes Eſtats ; & ſi quelqu'vn veut parler en ſa preſence de la mort, il fault qu'il
vſe de periphraſe ou de cir-
cumlocution, eſtant vn cri-
me de frapper les oreilles du
Prince d'vn ſi rude mot. Les

Indiens dont Solin fait men-
tion, qui se faisoient trans-
porter au desert lors qu'ils
estoiét malades pour y mourir; auoient peut-estre esgard
à la delicatesse de semblables
esprits, qu'ils estoient bien
aises de ne point troubler. Et
lors qu'Apollonius, qui auoit
visité tous ces peuples, ad-
jousta au λάθε βιώσας de Pythagore, qui nous recomman-
de la vie retirée, le precepte
de mourir aussi en cachette,
λάθι ὑποϲιώσας, il estoit vrai-semblablement touché de la mesme consideration. Ce n'est
pas à dire pourtant qu'vn
honneste homme doiue tom-

ber lui mesme dans vne foiblesse reprochable , encore
qu'il s'accommode souuent à
celle des autres . Il ne s'e-
stonnera , ni ne se faschera
iamais , de voir arriuer ses
amis à vn but, vers lequel ils
ont cheminé depuis qu'ils
sont en ce monde. Lui mesme y prendra doucement son
repos eternel sans murmu-
rer , quand l'heure en sera
venuë. Et lors que ce dernier iour se presentera , *ille*
Sen. Ep. 26. *laturus sententiam de omnibus*
annis suis dies venerit, il cou-
ronnera l'œuure par la fin, &
s'y comportera comme ceus
qui celebroiét autrefois par-

mi les Grecs ἀγῶνα ἐλδθέειoy, les
jeus consacrez à la liberté.
En effect la plus importante
portion de noſtre durée c'eſt
celle qui la termine. *Ita eſt* Plin.l 7.nat.
hiſt. c. 40.
profecto, alius de alio iudicat
dies, tamen ſupremus de om-
nibus. Le Soleil à plus de
ſpectateurs quand il ſe couche, que durant toute ſa
courſe. Noſtre vie eſt vn E-
cho, dont on ne comprend
rien ſi diſtinctement que les
derniers accens. Et il fault
faire ſon conte, que comme
dans la noble Architecture la
clef du baſtiment qui ferme
la voulte, ſert encore de luſtre & d'ornement à tout l'e-

difice ; noſtre derniére iournée ne doit pas eſtre moins
l'embelliſſement que la fin de
toutes les autres.

Aſſez de perſonnes s'ima-
ginent que cette iournée ne
ſe preſente iamais plus à propos que quand nous ſommes
perſecutez de la Fortune, &
que nous reſſentons de certains deſgouſts de la vie qui
nous la rendent preſque in-
ſupportable. Car, ſelon ce
que diſoit Artabanus à Xer-
xes, le plus grand mal de noſtre condition n'eſt pas de viure peu, mais bien de ce
qu'aucun ne l'eſprouue ſi
heureuſe, à qui la volonté

Herod. l. 3.

de mourir n'arriue fouuent.
Lors que le monde ne nous
eſt plus que comme vn theatre ennuieus où tout nous
deplaiſt, & où nous iouons
meſmes le perſonnage qui
nous eſt eſcheu contre noſtre
volonté ; il ſemble que ce
ſoit le tems le plus commode auquel nous puiſſiõs prendre congé de la compagnie.
Et l'on peut ſouſtenir dans
ce raiſonnement, que les dernieres paroles de l'Empereur
Septimius Seuerus, par leſ-
quelles il proteſtoit qu'apres
auoir fait eſſai de toutes choſes icy bas, il n'auoit rien
rencontré qui le peuſt ren-

dre content, marquoient vn
fauorable moment pour fortir d'vn lieu où il ne trouuoit
aucune fatisfaction. Quoi
qu'il en foit, ç'a efte l'opinion
de Ciceron, dans fon liure de
la Vieilleffe, que la fatieté de
viure, s'il faut ainfi parler
apres lui, deuoit eftre prife
pour vne denonciation de
l'heure la plus propre de toutes à mourir. Seneque neantmoins eft d'vn aduis bien different. Il fouftient dans fon
Traitté des Remedes contre
les chofes fortuites, qu'on ne
fçauroit finir la vie plus heu-
reufement, que quand on eft
le plus aife d'en iouir. Sa con-

Satietas
vitæ tem-
pus matu-
rum mor-
tis affert.

folation à Polybe porte, que Cap. 19.
ce n'eſt pas vne petite felicité de terminer ſa courſe entre les bras de la bonne fortune. Et dans vn pareil diſ- Cap. 20.
cours qu'il addreſſe à Martia,
il l'aduertit que la mort n'o-
blige perſonne à l'eſgal de
ceus qu'elle vient trouuer
deuant qu'ils l'inuoquent.
Si Pompée fuſt decedé à Naples vn peu auparauant que
d'eſtre defait par Ceſar, il
paſſoit indubitablemét pour
le premier homme du mon-
de, puisqu'il euſt eſté le plus
puiſſant & le plus conſideré
de ſa Republique, Si les funerailles de Ciceron euſſent

esté conjointes à celles de sa
fille, ou qu'apres auoir pre-
serué sa Patrie des calamitez
dont elle estoit menacée par
la coniuration de Catilina, il
eust moins vescu de quelques
années, on ne peut pas nier
que ce ne lui eust esté vn
grand aduantage, & qu'il
n'eust esuité par là de grandes disgraces. Le mesme se
doit dire de Caton, à qui la
Mer auroit esté fauorable si
elle l'eust englouti au retour
de Cypre, accompagné de
toutes ces richesses qui ne
seruirent depuis qu'à faire
subsister les guerres ciuiles,
parce qu'il n'eust pas veu pe-

rir auecque lui la liberté de
fon pais, comme il arriua depuis.   Que fi nous voulons
ietter la veuë fur quelques-
vns de ce fiecle, & defcendre
de ces grands & fameus e-
xemples à d'autres qui n'ont
point encore efté touchez;
Ne dirons-nous pas que fi le
Comte Palatin euft efté tué
à la bataille de Prague, apres
y auoir reccu auec tant de
gloire la Couronne de Bohe-
me, fa fin ne feroit pas moins
illuftre dans l'Hiftoire qu'elle
y paroift peu fortable à de fi
hautes entreprifes qu'eftoiét
les fiennes. Reprefentons-
nous quelle feroit la reputa-

tion de Tilly , si apres auoir
gangné cette memorable bataille de Lutter , & fait perdre terre en suitte au Roi de
Dannemarc , qu'il contrai-
gnit d'abandonner sa Cher-
sonnese Cimbrique, il eust
trouué heureusement ses destinées deuant que d'estre defait par celui de Suede aus
portes de Lipsic , & forcé depuis par le mesme au passage
du Lech , ou l'honneur & la
vie de ce pauure General
coururent leur derniere fortune. Spinola reconnut lui
mesme , & tout le monde
auecque lui , qu'il pouuoit
laisser son nom beaucoup
plus

plus illustre à la posterité, si
apres auoir fait trembler l'A-
lemagne, donnant la loi telle
qu'il voulut à ses Princes sur
les bords du Rhin, il se fust
contenté de la prise de Breda
& de ce qu'il auoit fait de
beau en Flandre, sans entreprendre celle de Casal à la
veuë de toute l'Italie, qui eut
pitié de voir qu'vn de ses enfans pour auoir vn peu trop
vescu, perdoit chez elle l'honneur qu'il auoit acquis ailleurs par tant de belles actiõs.
Mais que ne pourrions-nous
point dire de ce genereus &
illustre Seigneur qui vint
malheureusement seruir d'e-

F

xemple dans Thoulouſe, a-
prés auoir obtenu des victoires ſignalées dans le Pie-
mont, & rendu tant de preuues de ſon courage ; ſi nous
ne nous paſſions exprés de
beaucoup de teſmoignages
domeſtiques , pour ne rien
dire d'odieus ſur vn ſujet qui
reçoit aſſez d'euidence de ce
que nous prenons au dehors.

Ce peu que ie viens de
rapporter du grand Guſtaue
m'oblige à faire quelque reflexion ſur l'vn de ſes plus ordinaires propos, qu'il ne tenoit point d'hommes plus
heureus que ceus qui mou-
roient en faiſant leur meſtier.

Le Ciel lui accorda cette felicité, comme à Cesar celle
d'vne fin subite & non pre-
ueuë, qu'il auoit si souuent
souhaittée. L'on se peut encore souuenir de ce que dit
vn grand homme de guerre
à l'Empereur Hadrien, que *Oportere*
les Souuerains ne deuoient *præpositos*
rerum stâ-
iamais perir que debout ; & *tes mori.*
de cét autre mot, qu'vn Prin-
ce ne sort iamais mieus du *Sanum*
Principem
monde, que quand il le quit- *mori debe-*
re, non de-
te sain, & non pas debile ni *bilem.*
languissant. Soliman mou-
rut ainsi dans l'exercice de sa
charge à l'âge de soixâte & seize ans au siege de Zigeth, où
son seul cadaure eut la gloire

F ij

de faire rendre la place. La
iournée qu'on nomma des
trois Rois les vit acheuer
tous trois glorieusemét leur
carriere selon ce sentiment.
Et ie ne ferai point de difficulté de mettre ici au rang
des plus grands hommes de
nostre tems le Comte de
Mansfeld, qui se sentant faillir, comme il passoit par la
Bosnie, sortit du lict, se fit
habiller, & mit son espée au
costé, afin de payer le tribut
que nous deuons tous à la
Nature, dans la mesme po-
sture où il auoit donné de si
grandes alarmes à ses ennemis. Certes celui qui con-

ſerue tant de vigueur iuſques
au dernier ſouſpir, monſtre
bien qu'il le rend dans vne
conſtitution d'ame autre que
celle du commun. Du reſte
il n'y a rien, ſi nous deferons
à l'authorité de Seneque, où ^{Ep. 71.}
il ſoit plus permis aus hom-
mes de ſe ſatisfaire, que dans
la façon de mourir ; ny où
ils ſoient auſſi plus partagez
d'opinion. On eſt obligé de
rechercher l'approbatió d'autrui en beaucoup de choſes
qui concernent la vie, mais
quand il eſt queſtion de l'a-
bandonner, il ſuffit à ſon dire, que nous y trouuions noſtre conte, & la meilleure de

F iij

toutes les morts eſt ſans difficulté celle qui nous plaiſt
le plus. Qui doute que cét
habitant de Negrepliſſe ne
l'entendiſt ainſi, quand il demanda & obtint en grace
d'eſtre pendu aus branches
d'vn Noier qu'il auoit lui-
meſme planté dans ſa vigne.
Vn Anglois voulut qu'on le
ſuffoquaſt dans vn tonneau
de maluoiſie. Et ie mettrois
encore icy les Paraſites d'Heliogabale, qui furent eſtouf-
fez ſous les Roſes & les Vio-
lettes, ſi ie ne tenois pour
aſſeuré que ce fut vn jeu forcé, & vn paſſe-tems de Prince qui ne regardoit que ſon

Du Pleix
l'an 1622.

seul plaisir. Ce sentiment
pourtant de rechercher sa
satisfaction, quãd on le peut,
au genre de mort qu'on a le
plus a gré, n'est pas vniuer-
sellement reçeuable dans les
principes de la vraie Religion; quoi que nous lisions
au liure des Iuges qu'Abime- Cap. 9.
lech voulant mettre le feu
dans vne tour des Thebites,
se fit tuer par son escuier pour
mourir, comme on dit, d'v-
ne belle espée, & afin qu'il ne
fust pas dit que ce fust de la
main d'vne femme, qui le
venoit de blesser à la teste
d'vn coup de pierre. Tant
y a que generalement par-

lant, & selon les seules lumieres de nostre humanité, les
auis sont icy differens, &
comme plusieurs ont esté de
cebui de Cesar & de Pline
l'Historien, preferant la mort
inopinée, & par consequent
moins ressentie, à toute autre; il s'en est trouué qui l'ont
vouluë gouster à longs traits,
& qui eussent esté bien fas-
chez de la receuoir si subite
qu'ils ne l'eussent pas reconnuë. Busbec nous fait voir
dans la seconde de ses Lettres
non seulement vne constan-
ce admirable du Bascha Ach-
mat à souffrir le licol dont il
fut estranglé, mais de plus,

Li. 7. Nat.
Hist. c. 53.

vne fantaisie particuliere à
ne vouloir pas l'eſtre tout
d'vn coup , aiant prié celui
qu'il choiſit pour lui rendre
cét office, de relaſcher la corde aprés le premier effort , &
de le laiſſer reſpirer au moins
vne fois auant que d'acheuer
ſon entrepriſe. L'on ne ſçauroit nier que Socrate n'ait
eſté trente iours dans vne
continuelle attente d'vne
mort certaine; & neanmoins
perſonne n'a iamais douté
qu'elle ne fuſt des plus belles,
puis que cela n'empeſcha pas
qu'il ne l'acceptaſt auec cette
fermeté d'eſprit qui rauit encore tous les iours les noſtres

d'admiration, quand nous lisons ce qui s'y passa. Ce qu'on
peut conclure de plus vrai-
semblable là dessus, c'est qu'il
n'y a point de laide fin, ny de
mauuaise, lors qu'elle est en-
uoiée du Ciel pour nostre sa-
lut, & prise comme il fault
de nostre part.

Tenons nous donc dans
vne assiette propre à receuoir
ce bon-heur. Nostre Histoire de Canada nous apprent
que les Hurons, tout barbares qu'ils sont n'ont nulle apprehension de la mort, parce
qu'ils la tiennét pour vn passage seulement à vne vie fort
peu differente de celle-cy,

où ils doiuent poſſeder les
meſmes choſes qui leur ont
eſté cheres, & qu'on enterre
auec eus pour cét effect.
N'eſt-ce pas vne honte que
ceus qui ont, comme nous
auons, des aſſeurances d'vne
felicité eternelle apres les
trauaús de ce monde, s'en
ſeparent neanmoins ſi mal-
volontiers ? Eſt-ce à cauſe
que nous le quittons vn peu
tróp toſt ce nous ſemble ?
Songeons que la loi fait exe-
cuter les moins coupables les
premiers ; que plus le feu eſt
beau & clair, moins il eſt ordinairement de durée ; & que
les grains d'encés à qui Marc

L. 4. de vita fua.

Antonin nous compare, ne font pas moins eſtimez pour bruſler & s'eſuaporer des premiers. Sommes-nous dans vn âge plus auancé, & qui nous oſte tout ſujet de plainte ?

Dauila l. 4.

Diſons auec le Conneſtable de Montmoranci, que c'eſt eſtre bien ridicule d'auoir ſçeu viure tant d'années, & de ne ſçauoir pas mourir durant le tems d'vn quart d'heure. Quoi qu'il en ſoit, repreſentons-nous que dans

Sen. Ep. 78.

le meſme inſtant que nous partons d'icy bas, il ne ſe peut faire qu'il n'y ait vne infinité de perſonnes de tous âges, & de tous ſexes, qui

en sortent comme nous. Vne
chose si commune ne peut
pas estre intolerable, & il y
a trop de delicatesse à se pleindre de ce que tant d'autres
souffrent comme nous. Ces
anciens Celtes, de qui nous Exc. Con-
stant.
pourrions estre sortis, estoiēt
bien plus courageus, quand
ils se laissoient plustost oppri-
mer par la cheute d'vne maison, ou engloutir au reflus
de la Mer, que de tesmoigner
en fuïant vne trop grande
crainte de la mort ; ou lors
qu'ils se faisoient librement
tuer pour obtenir quelques
presens, & pour enrichir
leurs amis, si nous en croions

les fragmens qui nous reſtent
de Nicolas Damaſcene, & ce
qu'é a eſcrit Athenée. En effet
dés l'heure que nous appre-
hendons la mort nous nous
mettons en eſtat d'auoir peur
de toutes choſes, parce qu'il
n'y a preſque rien qui ne ſoit
capable de nous la donner.
Le Roi Lyſimache menaçoit
Theodore de la lui faire ſouffrir ; Vous monſtrerez par là,
lui repartit ce Philoſophe,
que vous n'eſtes pas moins
puiſſant qu'vne Cantharide.
I'eſtois il y a peu de mois au
bord de la Mer, où vn homme s'eſtoit eſtranglé en aua-
lant vn huiſtre, la viande de

L. 4. Dei-
pnos.

toutes la plus molle, & qui
coule le plus facilemét. Mais
pourquoi parler des huiſtres,
ſi vn grain de raiſin eut le
pouuoir de ſuffoquer le Poëte Anacreon. Peut-eſtre ſe-
rions-nous fort aiſes de ne
mourir point, & d'eſtre comme Elie & Enoch exemts des
lois de la Nature. Nous voudrions bien tous, ie m'aſſeure, rajeunir apres cent ans,
comme ce Ioſeph portier de
Pilate, dont Mathieu Paris
fait faire le conte à vn Arche-
ueſque d'Armenie. Ie ſçai
bien que Philoſtrate a douté
de la mort d'Apollonius. Que
les Inſulaires de Cos ont dit

In Henr. 7.
ad ann. 12.8.

L. 3. c. 12.

de la fille d'Hippocrate, ce
que nos Romans content de
Mellusine, qui changeoit de
forme sans perdre la vie. Que
l'ancienne Poësie a rendu immortels Typhon, Encelade,
& quelques autres. Et qu'encore auiourd'hui les Maho-
metans tiennent qu'vn Ma-
hadin, petit fils de Fatime fille de Mahomet, n'est pas encore mort, de sorte qu'on lui
tient vn cheual tousiours
prest dans vne Mosquée de
Massadal au dessous de Baga-
det, d'où il doit partir pour
conuertir le reste du genre
humain. Il n'y a point d'apparence pourtant, que nostre
esprit

esprit se puisse laisser corrom-
pre par de si impertinentes
narrations. La Fable n'a pas
assez d'illusions pour le sedui-
re si miserablement. Et ie ne
veus que celle de Chiron,
qui refusa l'immortalité,
aiant appris de son pere Saturne ce que c'estoit au vrai
de la vie, pour destromper
ceus qui s'y attachent auec
le plus d'affection. Si nous
considerons bien le monde
en toutes ses parties, nous serons contrains d'auoüer qu'il
n'y pourroit auoir de calami-
té semblable à celle d'vne vie
sans fin, parce qu'elle auroit
ses peines eternelles. Vous

G

n'en trouuerez point de si biē
conduitte, ni de si retirée qui
n'ait ses agitations; comme
les moindres lacs ne laissent
pas d'estre sujets aus orages &
aus tempestes, encore qu'ils
ne soient pas si abondans, ny
de si grande estenduë que l'O-
cean. N'aions donc pas tant
d'amour pour vne chose si
peu auantageuse; ne souhait-
tons pas pour vn peu de bien
la durée de beaucoup de miseres; & tenons pour asseuré
qu'il n'y a riē d'agreable dans
la vie, pour ceus qui ne se sont
pas renduës douces & familieres les pensees de la mort.

DE LA
PROSPERITE.

OMME il y a des corps de si foible complexion, qu'ils ne peuuent souffrir ny le froid, ny le chaud; il se trou-ue des Esprits que la bonne & la mauuaise fortune offen-se esgallement, & dont l'im-becilité ne paroist pas moins dans la prosperité, que parmi les afflictions. Mais encore

que tout le monde recon-
noisse assez franchement le
grand pouuoir qu'ont sur
nous les aduersitez ; peu de
personnes s'apperçoiuent du
preiudice que leur peut faire vne felicité charmante, &
à peine trouuerez vous vn
homme qui aduouë que le
bon-heur lui soit nuisible,
ny qui voulust consentir au
retranchement des plus petites faueurs de la Fortune,
quoi qu'il en reçoiue en si
grande abondance qu'elles
l'accablent. Car on ne peut
pas dire qu'il n'y ait que les
ames vulgaires qui soient sujettes à ce faschous inconue-

nient, les plus fortes n'y succombent que trop souuent,
& les graces dont nous re-
paist cette Deesse aueugle
sont ordinairement si difficiles à digerer, qu'on ne les
gouste gueres impunément,
& sans courir le hazard de se
perdre. C'est ce qui me conuie à faire quelques reflexiós
sur vne partie de la Morale
si importante qu'est celle-cy,
& à regarder d'vn autre œil
que ne font la pluspart des
hommes ce qu'on nomme
Prosperité, ou bonne Fortune; me souuenant d'auoir leu
beaucoup de choses qui peuuent donner de grandes satis-

factions d'esprit à ceus d'vne condition mediocre comme la mienne, & d'vn genie philosophique tel que célui qui me possede presentement. I'ay receu de semblables bienfaits de mes deuanciers, taschons d'obliger de mesmes ceus qui viendront apres nous.

Encore que la plus saine partie des Philosophes ait acquiescé au sentiment de Solon, qui soustenoit que nous ne sçaurions raisonnablemét nommer personne heureus qu'apres sa mort, comme on ne donne iamais le tiltre de victorieus à ceus qui courent

encore, & à qui mille accidens peuuent arriuer pen-
dant qu'ils font dans la carriere, au bout de laquelle feulement ils doiuent eftre cou-
ronnez. Si eft-ce que plufieurs grāds perfonnages ont
efté d'vn auis contraire, & fe
font perfuadez que la Nature
ne nous auoit pas donné en
vain ce defir de felicité mon-
daine que chacun reffent, ny
propofé vn but auquel il ne
nous fuft pas poffible d'arriuer. Les Stoiciens tenoient
cette derniere opinion fi
affeurée, que Dieu mefme,
felon les termes prophanes
dont ils fe feruoient, n'eftoit

G iiij

pas plus heureus que leur
Sage, *Deus non vincit sapien-*
tem felicitate, etiamsi vincit æ-
tate : comme parle ce Sextus
dans Seneque. Il me souuient
bien aussi qu'Aristote s'est
expressement mocqué dans
le second liure de ses Morales
à Eudemus, du dire de Solon
qui ne s'accommode pas auec
les regles du souuerain bien
tel que le Peripatetisme l'a
consideré. Et l'on peut voir
dans le petit traitté de la beatitude que nous a donné
Auerroes, comme il ne dou-
toit point qu'il n'y eust toûjours quelqu'vn pour le
moins dans le monde qui la

Ep. 7.

Cap. 1.

posſedaſt, tant parce que la
perfection de l'Vniuers le re-
queroit ainſi, qu'à cauſe que
tout ce qui eſt naturellement
poſſible, & qui conuient à
l'eſpece, ſe trouue touſiours
actuellemét dans quelqu'vn
de ſes indiuidus. Mais ſans
examiner pour le preſent vne
propoſitió ſujette à pluſieurs
contradictions, ie dis ſeulement que les Sectes qui ſe
ſont le plus accommodées à
la vie ciuile, comme l'Aca-
demique entr'-autres, & la
Peripatetique, ont fait tant
de cas de la Proſperité, & de
tout ce qu'ils ont appellé
biens de Fortune, qu'encore

qu'ils les diftinguaffent de
de ceus du corps, & de l'efprit, ils n'ont peu empefcher
qu'on ne donnaft la prefe-
rance aus premiers, & que
dans l'vfage du parler ordinaire on n'ait nommé les
hommes bien-heureus qui
eftoient les plus gratifiez de
la fortune, & à qui toutes
chofes arriuoient dauantage
à fouhait. C'eft ce qui faifoit
dire à ce Grec, qu'il euft
mieus aimé vne goutte de
bon-heur, qu'vne pleine mer
de bon efprit, πυχῆς ςαλαγμὸν, ἢ φρενῶν
πόντον. Vn autre obferue que
toute terre eft la patrie d'vn
homme fortuné; qu'il trou-

ue ses parens en quelque lieu
que ce soit où il se rencontre; & que quand il plaist aus
Destinées il trauerse les riuieres & les mers sur vne
claie, ou dans vn panier per-
çé sans faire naufrage. Les
Espagnols ont vn prouerbe
tout conforme à cela, *Quien
esta en ventura, hasta la hor-
miga le ayuda.* Et quand Sa- Cap. 9.
lomon a escrit dans son Ecclesiaste qu'il falloit se rejouïr
& prendre tous les contentemens de la vie autant que
faire se peut, puis que nostre
humanité n'a rien à chercher
au de là, *Omni tempore sint
vestimenta tua candida ,* &

oleum de capite tuo non defluat:
Perfruere vita cum vxore
quam diligis cunctis diebus vi-
tæ tuæ, hæc est enim pars tua;
ne semble t'-il pas qu'il se soit
voulu expliquer de la mesme pensée ? Ce n'est pas le
sens neanmoins qu'il faut
donner aus paroles de celui
qui possedoit vne sagesse infuse. La Religion qui nous
apprent à mespriser toutes
les felicitez de la terre, a ses
maximes trop differentes.
Et sans nous seruir mesmes
de son authorité, ie pense
que la Philosophie nous peut
fournir assez d'instances, &
nous ietter dans d'assez for-

res considerations, pour reconnoistre qu'il n'y a rien de
plus trompeur que ce qu'on
a baptisé du nom de bonne
fortune, & que la chose du
monde dont nous nous de-
uons le plus defier, c'est d'vne
grande prosperité.

Entre toutes les miseres
qui la suiuent presque tous-
jours, comme l'ombre fait
le corps, il n'en est point
comme ie croi de si rude, que
celle qui fut remarquée par
Asdrubal dans le Senat de
Rome, qu'on ne voit quasi
iamais la bonne fortune auec
le iugement, *Raro simul ho-*
minibus bonam fortunam, bo-

Tir. Liu. dec.
3. l. 10.

namque mentem dari. C'est
ce qu'il pouuoit auoir appris
des Lettres Sainctes , estant
d'vn païs où lon parloit alors
comme elles ; puisque nous
lisons dans Iob que la sagesse
ne se rencontre point parmi
ceus qui sont dans les plaisirs, & qui iouïssent des douceurs de la vie. Et quoi? Epicure mesme tout diffamé
qu'il est par ceus qui lui re-
prochét sa volupté, ne disoit-
il pas ordinairement qu'il ne
connoissoit rien de plus rare,
qu'vn homme sage qui fust
bien voulu de la Fortune.
Certes l'excez d'vne lumiere
trop esclatante n'a rien de si

C. 28. *non*
innenitur
in terra
suaniter
vinētsum.

contraire à la veüe corporel-
le, selon la comparaison du
Pythagoricien Archytas, côme le trop de prosperitez est
preiudiciable aus yeus de l'e-
sprit, & sujet à nous offusquer
l'entendement. La Prudence
& la Fortune sont en diuorce
de tems immemorial à ne se
reconcilier iamais. Conside-
rez l'humeur bigearre & desraisonnable tout ensemble
de ceus à qui toutes choses
semblent arriuer le plus à
souhait, & vous serez contraint d'auoüer ce que nous
disons d'eus. L'inquietude
sur tout dont ils sont agitez,
monstre bien le desregle-

ment de la partie superieure. Ils viuent dans vn perpetuel desgoust des choses presentes : Rien ne les contente:
Et persecutez de leur propre
genie ils ne se peuuent souffrir eus mesmes. *Res est in-*
quieta felicitas, ipsa se exagi-
tat, mouet cerebrum non vno
Ep. 56. *genere.* Tenons pour asseuré
que Seneque, qui estoit cour-
tisan, & qui passoit sa vie dans
la frequentation des plus
grands & plus heureus hommes de l'Empire Romain, les
auoit fort bien reconnus lors
qu'il vsoit de ces termes. Encore cette fabuleuse Circé se
contontoit d'oster la forme
exte-

exterieure à ceus qu'elle re-
tenoit aupres d'elle, leur laif-
fant le raifonnement. Mais
la Fortune traitte auec bien
plus de rigueur & d'injure
fes fauoris, puis qu'elle les
priue de la principale partie
de leur forme interieure qui
eft le iugement,

Fortuna quem nimium fouet,
    ftultum facit.

                        Publ. Mi-
                        mogr.

I'excepte pourtant icy, comme par tout ce difcours, de
certaines ames heroïques qui
maiftrifent imperieufement
cette mefme Fortune. Leur
nombre eft fi petit, qu'il
ne peut pas eftre de grand
preiudice aus reflexions

H

que ie veus faire.

La Presomption, aussi bien
que tous les autres vices, est
de verité vn effect de peu de
iugement; mais nous la pouuons considerer icy particulierement, comme l'vne des
plus inseparables compagnes
de la Prosperité. Et certes il
est presque impossible de receuoir en pouppe les vents
d'vne fortune fauorable, sans
qu'ils nous enflent de vanité;
leurs operations sont mer-
ueilleuses en bien & en mal;
ils font nos voyages, ils font
nos nauffrages. Qui ruina de
fonds en comble les fonde-
mens de la Republique Ro-

maine que l'ambition de ses
principaus citoyens, apres
auoir triomphé de l'Arme-
nie, & subiugué les dernieres prouinces du Pont ? Le
torrent de ces grandes victoires emporterent Cesar &
Pompée au de-là de toute
moderation. Et pour suiure
la reflexion tres-iudicieuse
que Florus a faite là dessus, L. 4 c. 2
ce ne fut que le trop d'aise &
de felicité qui les jetta dans
les calamiteus desordres qui
suiuirent, *causa tantæ cala-*
mitatis eadem quæ omnium,
nimia felicitas. Mais hors les
termes de ces grands exemples, il n'y a personne qui
H ij

n'espreuue tous les iours tant
d'orgueil en ceus que le bon-
heur dont nous parlons assi-
ste, qu'à peine peut-on con-
uerser auec eus comme auec
le reste des hommes, *Contra*
peon echo dama, dit l'Espagnol, *no para pieça en la ta-*
bla. Ce qui est tres-confide-
rable en cela, c'est que leur
fierté ne les rend pas seulement insupportables au reste du monde, ils le deuiennent encore à eus mesmes,
& ne pouuant digerer les faueurs qu'ils reçoiuent de la
fortune, ny souffrir tou-
tes ses carresses, ils creuent
de vanité au mesme tems

qu'ils succombent sous le
poids, *Quæ illos graues alijs* Sen. Ep 95.
reddit, grauior ipsis felicitas
incumbit. I'auoüe que quand
la Prosperité ne feroit point
d'autre mal, que d'esleuer si
hault le sourcil comme elle
fait à ceus qui la possedent,
il me seroit impossible de
n'en pas mesdire, tant i'ay
vne grande auersion des Superbes.

Son instabilité est vn autre puissant sujet pour nous
la faire mespriser, & d'autant plus qu'elle passe ordinairement d'vne extremité
à l'autre, ne nous esleuant, ce
semble, que pour nous pre-

cipiter de plus hault, *a gran subida, gran cayda*, ou pour nous mettre en lieu d'où nous monſtrions, comme le Singe du ſommet de l'arbre, ce que nous auons de plus difforme. Tant y a que ſelon la belle obſeruation du Precepteur de Neron, ſi tant eſt que la conſolation addreſſée à Martia ſoit de lui, il n'y a pas vne partie de noſtre vie ſi tendre, & dont nous nous deuions ſi fort defier, que de celle qui paroiſt la plus riante ; ou comme il s'explique de cela meſme dans vn autre endroit, la meilleure de toutes les fortunes, & qui nous

Cap. 21.

De breuk. ſ. 1. c. 17.

contente dauantage, est celle
en qui l'on doit prendre le
moins d'asseurance , *Nulli*
fortunæ minus bene quam opti-
mæ creditur. Elle a cela de
commun auec la Lune, qu'elle s'eclipse en vn moment
quand elle est en son plein.
Plus elle a d'esclat, plus elle
est fragile aussi bien que le
verre. Dieu ne lui donne
souuent des aisles, non plus
qu'à la Fourmi, que pour seruir à sa perte. Et comme la
santé exquise ou athletique
est extremement perilleuse,
& passe mesmes pour vn pro-
gnostique de maladie, vne
extreme felicité nous mena-

ce d'infortune, & c'est vn ef-
clair qui precede d'vn seul
instant le tonnerre. Sylla se

Ancel. Vict.
de vit. illust.

fait proclamer heureus par
vn Edict public ; trois iours
apres il est mangé des pouls
dans la ville de Pouzzelles, &
donne sujet à Pline d'escrire

L. 7. hist. c.
41.

que sa fin a esté plus calami-
teuse, que celle de tant de miliers de citoyens Romains
qu'il auoit fait mourir. O que
ce Roi d'Egypte qui renonça si solennellement au traitté d'amitié qu'il auoit con-
tractée auec Polycrates, e-
stoit persuadé de cette viciss-
situde ! Il preueut par l'excés des prosperitez de son

ami, la fin desastreuse dont il
estoit menacé. Et sous ce
pretexte de ceder à l'enuie
du Ciel, & à la ialousie des
Dieus, comme on parloit a-
lors, qui ne laissent point de
grandes felicitez impunies,
il voulut esuiter le malheur
d'vne societé que les seules
faueurs de la Fortune lui rendoient suspecte. Ie me souuiens d'vn autre Roi de Thes-
salie qui tesmoigne le mesme
sentiment dans Xenophon, L. 6. hist.
conseillant aus Thebains a-
pres leurs victoires, de ne rien
hazarder contre les Lacedemoniens foibles & vaincus,
par cette raison principale-

ment, que Dieu fait son jeu
d'exalter les petits, & d'hu-
milier les puissans. Et n'est-
ce pas ce que chantoit Dauid auec vne diuine melodie
long-tems auparauant sur sa
Harpe, *Deposuit potentes de*
sede, & exaltauit humiles.
Pour le moins fut-ce, lors de
ma lecture, ce qui m'obligea
le plus à remarquer le passage de cét historien Grec dont
ie viens de parler. Mais il ne
faut pas oublier ce que les
fables des Anciens, dont ils
couuroient leurs plus belles
moralitez, nous ont enseigné
touchant la fragilité & le peu
de durée de ce que nous nom-

mons Prosperité. Elles nous
representent vn Coq glo-
rieus de l'auantage qu'il venoit d'auoir sur ses compe-
titeurs, que l'Aigle surprend
& deschire sur le toict où il
estoit monté pour mieus en-
tonner son chant de victoi-
re. Et elles nous font entendre le murmure insolent d'v-
ne Mousche, qui se vantoit
d'auoir mis auec son probo-
scide le Lion aus extremitez,
au mesme tems qu'elle donna dans la toile d'vne araignée, où sa vie & sa vanité se
terminerent. Que s'il est permis d'escrire en suitte des fables vne petite raillerie, ie

rapporterai volontiers celle
d'vn Archeuesque de Flo-
rence, qui touche de fort
prés noſtre ſujet. Il s'eſton-
noit deuant vn grand Cardinal de la miſerable condition
des hommes, dont tout le
bon-heur ne ſçauroit regarder que l'ame, le corps, ou les
biens ; & cependant ces meſmes hommes ſont inceſſam-
ment trauaillez en toutes les
trois parties, par les trop ſub-
tils Iuriſconſultes, les Medecins ignorans, & les mauuais
Theologiens. / En verité il
n'y a gueres de felicitez qui
ſoient à l'eſpreuue de tant
d'attaques , ny qui puiſſent

resister à de si grands aduer-
saires.

C'est ce qui a fait dire de
fort bonne grace à vn Ancié,
qu'il n'y auoit point d'hommes plus fortunez, que ceus
qui se pouuoient passer de la
fortune ; ni de plus malheureus, que ceus qui l'ayant
euë tousiours fauorable n'ôt
iamais espreuué aucune ad-
uersité. Le Philosophe Bion Diog. Laër. in Bio.
tournoit ce sentiment d'vn
autre biais, sur la demande
qu'on lui fit, qui estoit à son
iugement le plus miserable,
& le plus agité de tous les
hommes. Il respondit que
c'estoit celui qui desiroit

auec plus de passion d'estre
heureus, & qui recherchoit
le plus ardamment la quietu-
de.   Voyons de quelle façon
Seneque s'en explique à son
ami Lucilius dans la derniere
lettre qu'il luy escrit, & nous
trouuerons que par les derniers termes de la mesme lettre il a encheri sur tout ce
que les autres auoient dit auparauant.   Ie vous veus donner, luy dit-il, vne regle sur
laquelle vous vous puissiez
mesurer, & vous apperceuoir
quand vous serez arriué à la
perfection que vous recher-
chez. Tenez pour asseuré que
vous la possederez auec la

beatitude où vous aspirez,
lors que vous serez capable
de reconnoistre qu'il n'y a
point de plus malheureuses
personnes au monde, que celles qu'on y croit les plus heu-
reuses. Afin qu'on ne pense
pas que ie contribue quelque chose du mien à vne pensee si hardie & si paradoxique, ie coucheray icy les paroles mesmes de ce digne
precepteur & sincere ami.
Breuem tibi formulam dabo
qua te metiaris, qua perfectum
esse iam sentias. Bonum tunc
habebis tuum, cum intelliges
infelicissimos esse felices. Si les
Oracles profanes estoient de

quelque cósideration, ie rap-
porterois celui qui fut rendu
à vn puissant Roy de Lydie,
auquel Apollon prefera vn
pauure villageois d'Arcadie,
le declarant incomparable-
ment plus heureus dans sa ca-
bane, que ce Prince au milieu de son Palais, & de toutes ses felicitez apparantes.
Mais nous ne pouuons faillir
en deferant à la doctrine des
Oracles diuins, qui nous ap-
Cap. 7.
prennent dans l'Ecclesiaste
qu'il vault beaucoup mieus
entrer dans vne maison de
dueil, que dans celle où se
font des festins, pour nous
donner de l'apprehension de
la

la ioye & des prosperitez qui
la causent. Ariston auoit dóc
raison de preferer vn ieune
homme triste & melancho-
que, qu'il comparoit aus vins
qu'on trouue aspres ou rudes
d'abord, à ces enioüez qui
sont dans vne perpetuelle recherche des douceurs de la
vie, & que la fortune tient
comme enyurez de ses continuelles faueurs.

Que si nous voulons con-
siderer encore de plus pres la
Prosperité, nous serons estonnez de voir qu'elle n'a rien de
solide, & qu'elle ne subsiste
que dans l'imagination. Tel
met son plus grand conten-

I

tement en vne chose, qui
rendroit vn autre malheu-
reus. Les mesmes lettres
composent tantost la Trage-
die, tantost la Comedie. Et
selon que nous enuisageons
vn mesme euenement, nous
y trouuons nostre satisfaction, ou nostre desplaisir.
Cela monstre bien qu'il n'y a
rien de reel en toutes nos felicitez; & que Salomon eut
raison de conclure, apres les
auoir bien estudiées, qu'il n'y
auoit reconnu que toute erreur & toute vanité, *Risum*
reputaui errorem, *& gaudio*
dixi quid frustra deciperis.
Nous prenous par fois pour

Eccl. c. 2.

vn present fauorable de la
fortune, ce qui causera nos
plus grandes inquietudes;
Munera ista fortunæ putas? Sen. Ep. 1.
insidiæ sunt. Et que dirons-
nous si le plus sensuel de tous
les Philosophes dont nous
auons desia parlé, & le plus
recherchant son aise, a pro-
testé qu'il eust mieus aimé
estre mal heureus raisonna-
blement, que bien-heureus
sans raison, ou selon ses pro- Diog. Laert.
in Epic.
pres termes, διλογίσως ά τυχᾶιν ἢ ἀλό-
γίσως δ'τυχᾶιν. Car encore que le
principal dessein d'Epicure
fust de monstrer par là combien il estimoit la raison, il
tesmoignoit au mesme tems

I ij

le peu de cas qu'il faisoit de
ce que nous nommons bon-
heur. Aussi fut-ce le mesme
qui soustint que nos plus
grands contentemens auoiét
leur siege dans la memoire,
& qu'ils dependoient du souuenir des choses passees; ce
qui leur donne encore moins
d'existence que s'ils estoient
dans l'imagination comme
nous venons de dire, puis que
celle-cy peut estre des choses
presentes, au lieu que la memoire ne s'estend iamais que
sur le passé. Mais seruons-
nous des exemples qui in-
struisent & persuadent par
fois plus que le raisonne-

Sen. l. 5. de
Ben. c. 4.

ment, pour penetrer iusques
dans la nullité de nos Prosperitez. Ie ne veus point parler icy de l'Empereur Seuere,
ny d'vne infinité d'autres qui
apres auoir esprouué comme
lui tout ce qu'il y a de plus
doux dans la vie, dirent qu'ils
n'auoient rien laissé à essayer,
sans auoir trouué chose du
monde qui les contentast.
Mon opinion est que deus
exemples seuls que ie choisi-
rai, l'vn dans l'ancienne, &
l'autre dans nostre Histoire
moderne, nous fourniront
toutes les lumieres que nostre sujet peut requerir. La
felicité d'Auguste n'est pas

moins connuë dans les Li-
ures que la pieté de Numa,
la vaillance de Cesar, ou la
bonté de Trajan. C'est pourquoi l'on donne encore aujourd'hui le nom d'Auguste,
comme tres-fortuné, aus plus
grands Monarques, & quand
nous parlons de leur Auguste Majesté, nous ne touchons
pas moins le bon-heur de
leur Empire, que sa puissance, sa splendeur, ou son estenduë. Sans nous amuser à par-
ticulariser toutes les victoires qu'il obtint, suiuies d'vne
infinité de triomphes, il suffit de remarquer qu'il fut si
fortuné que de voir fermer

de son tems le Temple de Ia-
nus par l'establissement d'vne
paix generale, ce qui n'estoit
arriué que deus fois auparauant depuis la fondation de
Rome. Aussi lisons-nous
dans Dion Cassius, que de
tous les decrets du Senat faits
pour honorer cét Empereur
apres qu'il eut dompté Marc
Antoine, il n'y en eut point
qui lui donnassent tant de
contentement, que celui qui
ordonnoit que les portes de
ce Temple seroient tenuës
fermées. C'estoit la marque
de l'heureuse tranquillité du
monde, durant laquelle le
vrai Dieu de la Paix auoit re-

T. Liu. dec.
i. l. i.
Suet. in Oct.
22.

Lib. 51.

solu de toute eternité son In-
carnation , dont le mystere
estoit deu au tems le plus pa-
cifique de tous les siecles. Cependant on adoroit la crea-
ture au lieu du Createur, &
l'amour des peuples fut si
grand enuers Auguste qu'ils
luy erigerent des Autels par
toutes les Prouinces. Il vescut
soixante & seize ans dans vne
suitte presque continuelle de
prosperitez apparentes ; & sa
fin fut si heureuse, qu'ayant
tousiours souhaitté vne mort
facile , & comme il le prononçoit, à ce que dit Suetone, cette εὐθανασίαν des Grecs, il
rendit le dernier soufpir en-

tre les bras de sa femme, en
prenant doucement congé
d'elle. Que si le regret de toutes les Nations, & les honneurs diuins qu'elles lui ren-
dirent, doiuent estre consi-
derez en examinant sa bonne fortune, certes personne
ne l'eut iamais plus accom-
plie, puis qu'outre les hommes la Nature mesme, selon
la pensée de Solin, sembla Cap. x.
porter le dueil & s'affliger de
la mort d'Auguste, par vne
sterilité qui la suiuit immediatement, *Huius suprema*
quasi lugeret seculum, penuria
insecuta est rerum omnium.
Toutes ces prosperitez pour-

L. 7. c. 45. tant n'ont pas empeſché Pline de le conſiderer dans vn
chapitre fait exprés, pour
L'vn des plus mal-heureus
hommes du monde. Il rap-
porte mille diſgraces de ſa
ieuneſſe, auec vne infinité de
deſordres d'Eſtat, tels que la
deſroute de Varus, dont ie
me veus taire pour le contempler de plus prés, & penetrer non ſeulement dans le
domeſtique, mais meſmes
dans l'interieur de ſon ame,
où nous iugerons mieus de
ſa felicité. C'eſt où ie ne remarque quaſi que des del-
gouſts perpetuels, tantoſt par
la mort odieuſe de ſes petits

fils, tantost par les entrepri-
ses ordinaires sur sa vie, &
tantost par les adulteres in-
fames des deus Iulies, dont
l'vne estoit sa fille propre,
& l'autre sa petite fille.   Il
est certain qu'il prit tellement à cœur leurs impudici-
tez, qu'outre que nous lisons
dans Suetone qu'il ne parloit
iamais de ces desbauchées,
non plus que d'Agrippa, sans
les nommer ses trois chan- Art. 65 &
vlt.
cres qui le rongeoient ; le
mesme autheur nous appréd
qu'il deffendit par son testa-
ment le transport de leurs
cendres, lors qu'elles vien-
droient à mourir, dans le se-

pulchre où les ſiennes deuoient eſtre renfermées. Ad-
jouſtons à cela les deffiances
qu'il eut ſur la fin de ſes iours
des deſſeins de ſa femme en
faueur de Tibere ; les douleurs de ſes grãdes maladies,
auec les langueurs de celles
qu'il auoit tous les ans au
iour de ſa naiſſance & ſur le
Printemps ; bref tout ce que
les hiſtoriens de ſa vie y ont
obſerué de calamiteus ; &
nous n'aurons pas de peine à
croire la reſolution qu'ils luy
imputent d'auoir euë de ſe
faire mourir ſoy-meſme, ayãt
eſté quatre iours pour cela
ſans prendre de nourriture ;

quatridui inedia , dit Pline,
*maior pars mortis in corpus
recepta.* Ie feray encore cette
reflexion , à caufe que nous
auons tantoft efté du fon bon-
heur iufques apres la mort,
qu'il eut la difgrace de laiffer
pour heritier de la plus grande partie defes biens, & pour
fucceffeur à l'Empire, l'ennemi mortel de fon fils. Mais
venons au fecond exemple,
& regardons d'abord le plus
glorieux Potentat de ce fiecle , dans vne continuation
de benedictions du Ciel, telles que toute la terre a eu fujet de s'en eftonner. On peut
bien iuger que ie veus parler

de Louis trezielme, dont
ceus qui viédront apres nous
admireront sans doute les
prosperitez, s'ils en iugent
par l'esclat de ses actions he-
roiques, par le nombre de ses
trophées, par l'estendue de
ses conquestes, & par la grandeur de ses triomphes. En
effect soit que vous conside-
riez les monstres qu'il a dom-
prez au dedans, soit que vous
jettiez les yeux sur les auantages qu'il a eus par tout au
dehors, vous serez contraint
d'auoüer que la France n'a iamais eu de Roy plus fortuné
que luy. Elle n'a point de
frontiere qu'il n'ait auancée

de beaucoup dans le païs ennemi. Elle n'a point d'en-
uieus dont il n'ait dompté
l'orgueil & confondu les def-
feins. Et fi vous prenez garde
à ce qui s'eft paffé tant fur
l'Ocean que fur la Mediter-
ranée, vous iugerez que tous
les Elemens combattoient
pour nous fous la domina-
tion de ce Prince. Or les
marques de fon bon-heur
n'eftoient pas moindres dans
fon domeftique, & c'eft fans
doute qu'il auoit de grands
auantages fur Auguste de ce
cofté là. Dieu luy dóna pour
compagne de fa couche vne
Princeffe, que la bonté fin-

guliere jointe à plusieurs autres vertus extraordinaires
& vraiement heroïques luy
eussent pû faire aimer, quand
elle n'eust point esté vne des
plus parfaittes au reste & des
plus agreables de son tems.
Il se voyoit pere de deus fils
tres-dignes de son affection,
pour estre si beaus, & si bien
formez de nature, qu'il n'eust
pas pû les souhaitter plus accomplis ; outre que le tems
auquel il les auoit eus les luy
deuoit rendre encore plus
chers. Tout le monde le
respectoit, & de quelque
costé qu'il se tournast dans
son Louure, il n'y voyoit que
des

dés tefmoignages d'amour &
de reuerence. Pouuoit-il
donc refter quelque chofe à
fa felicité pour eftre plus entiere, fi nous en iugeons par
les apparances ? Auec tout
cela neanmoins que dirons
nous fi par fa propre confef-
fion il n'a iamais paffé vn iour
fans quelque mortification,
ny goufté la douceur d'vne
ioye en fa vie, qui ne fuft
deftrempée dans l'amertume
du defplaifir. Ie m'empefche-
rai bien icy de commettre la
faulte de celui que les Athe- Herodot.
niens traitterent fi mal, pour l.b. 6.
les auoir obligez à pleurer
vne feconde fois les infortu-
K.

nes de leurs alliez, en les re-
prefentant fur vn theatre. Et
de vray mon imprudence feroit plus grande que la fiéne,
fi ie voulois auiourd'huy m'é-
tédre fur vn fujet fi ennuieus
que nous feroit celui des fou-
cis cuifans, & des inquietudes continuelles de ce Monarque. Mais tant y a que
puis qu'en mourant fes dernieres paroles, que les Iuriſ-
confultes nomment facrées,
& qui paffent pour des Oracles dans des bouches moins
veritables que la fienne, nous
ont affeuré que fes contentemens n'ont iamais efté purs,
ny fes plaifirs exemts de tri-

steſſe & d'afflictions ; ne pou-
uons-nous pas bien conclure
que tout ſon bon-heur, non
plus que celui d'Auguſte, n'a-
uoit rien d'eſſentiel, & qu'il
eſtoit ſeulement de la nature
de ces choſes qui ne ſubſiſtent
que dans l'opinion. / Il y a
donc lieu, generalement parlant, de ſouſtenir & par raiſons, & par exemples, que la
proſperité n'eſt, à le bien
prendre, qu'vne apparence
trompeuſe, & s'il eſt permis
de parler ainſi, vn Pheno-
mene Moral, qui trompera
touſiours ceus qui penſeront
y rencontrer de la realité.

Mais ie veus que ce ſoit

K ij

estre trop austere, de vouloir
si absolument que toutes nos
felicitez soient chimeriques.
Donnons leur quelque veritable existence, pourueu que
nous nous empeschions de
nous mesprendre, & moien-
nant que nous ne les esti-
mions qu'autât qu'elles peuuent valoir. Car pour toucher sommairement ce dont
ie croi que tout le monde
doit demeurer d'accord,
n'est-il pas vrai que la prosperité nous rend à la longue
tous les sens si delicats, & si
tendres aus moindres incom-
moditez, qu'elle nous effe-
mine le plus souuent? Ne sça-

uons-nous pas qu'au lieu que
la mauuaise fortune nous fait
reconnoistre qui sont nos veritables amis, la bonne à cét
inconuenient qu'elle caché
& nous empesche de descou-
urir nos ennemis? N'a t'elle
pas encore cét autre deffaut,
d'estre de l'humeur des Princes, qui sont presque tous-
jours irreconciliables auec
ceus qu'ils ont vne fois regar-
dez de trauers? Le bonheur
de Mecenas ne fut-il pas cause de la ruine de ses estudes,
& particulierement de ce
que son eloquence s'enerua,
& perdit cét air de generosité qui la rendoit recomman-

dable? Si ce bon-heur est excessif, ne deuient-il pas rui-
neus & insupportable, comme le bled qui se couche par
le trop de nourriture, comme les branches qui rompent
d'estre excessiuement char-
gées, & comme la lampe que
l'huile esteint si elle y est ver-
sée en trop grande abondance? Bref, combien la ioïe a
t'-elle tué de personnes en les
estouffant d'abord? L'histoire Grecque parle de Chilon,
de Sophocle, d'vne Policra-
ta, de Diagoras, de Philippi-
des, & de l'vn des Denis de
Sicile, qui moururent tous
de la sorte: La Romaine asseu-

re le mesme d'vn M. Iuuen-
tius Thalna, & de deus femmes de la ville de Rome,
qui ne peurent digerer le
contentement inopiné que
leur causa la presence de leurs
fils, apres la desroute arri-
uée au lac de Trasymene :
Et nostre Histoire nomme
la Dame de Chasteau-Briant,
que le trop d'aise fit expirer
subitement, voyant son ma-
ry de retour du voyage de
Sainct Loüis. Certes la remarque de Seneque est bien
gentille à ce propos, quand
il dit, qu'il y a si peu de di-
stance entre la felicité &
l'infelicité, qu'elles ne sont

Ep. 122.

K iiij

separées que d'vne petite syl-
lable, & ne different que de
deus lettres seulement. Mais
si ce jeu semble vn peu trop
de Grammaire pour vn sujet
si moral, nous pouuons entendre des propos bien plus
serieus du mesme Philoso-
phe, lors qu'il conjure tous
les Dieus de né souffrir iamais que son amy Lucilius
deuienne le mignon de la
bonne fortune, *Neque Dij,*
neque Deæ faciant, vt te for-
tuna in delicijs habeat. Il faloit bien qu'il eust d'autres
pensées que le commun des
hômes de tout ce qu'ils mettent au rang des prosperitez.

Ep. 95.

On me dira peut-estre,
faut-il donc renoncer absolument à tout ce qui nous
peut contenter dans le monde? Nenni vraiment. Mais
il faut autant qu'il nous sera possible faire en sorte que
nos contentemens ne depen-
dent pas de la fortune, &
que nos plus solides plaisirs
consistent en vne operation
tres-parfaite de la principale faculté qui est en nous.
Les Stoïciens mettoient les
Elemens de la felicité dans
la Nature, & la substance du
bien dans l'ellection raisonnable de ce qui est selon cette mesme Nature. Substi-

Plutar. des
comm.conç.

tuons Dieu à la Nature , &
prenons l'acquiescement à
toutes ses volontez pour le
centre de nostre Beatitude
que nous ne rencontrerons
iamais ailleurs. Ne nous fas-
chons pas si vn autre se trouue plus riche ou plus heureus que nous , puis que le
Ciel l'a ainsi ordonné ; mais
taschons neantmoins qu'il
ne merite pas mieus de l'e-
stre que nous , encore que
nous attendions tout de la
grace , & que nous ne don-
nions rien au merite. Te-
nons le mespris des choses
voluptueuses pour la plus
grande de toutes les volu-

ptez. Moquons-nous des li-
beralitez de la Fortune, dont
elle se sert pour fabriquer
toutes nos infortunes. Et sur
tout defions-nous de ces prosperitez enjoüées qui portent l'ame à l'essor, puis que
les vraies satisfactions d'esprit
sont tousiours seueres, *Mihi* Sen. Ep.23.
crede res seuera est verum gau-
dium, & puis que cette assiete
inesbranlable du Sage, qui ne
desire, ny n'apprehende chose aucune par raison plustost
que par insensibilité, n'est iamais sans vne espece de melancholie, qui fait le temperament heroïque.

DES
ADVERSITEZ.

 V is que c'eſt vn
grand mal , ſelon
le dire du Philoſo-
phe Bion, de ne
pouuoir ſouffrir le mal ; nous
ne ſçauriós peut-eſtre mieus
faire que de rechercher les
moyens, s'il y en a, qui ſont
capables de nous le rendre
plus tolerable. Or ce n'eſt
pas ſeulement en faueur des

sens que nous deuons faire
cette recherche, quoy que
tres-neceſſaire à ceux qui
ſont compoſez, cóme nous,
de parties dont fort peu ſont
ſuſceptibles de plaiſir, & toutes de ſouffrance. Les douleurs de l'eſprit eſtant bien
plus cuiſantes que celles du
corps, il faut taſcher de trouuer quelque lenitif aus premieres. Et comme la mede-
cine a des remedes pour toutes les maladies corporelles,
ie iuge à propos d'eſſayer ſi
celles de l'ame peuuent eſtre
addoucies de meſmes, & ſi
nous pourrons rencótrer des
paroles, ou pour mieus par-

ler des pêfees, qui ayent affez
de vertu pour cela. Car encore qu'Homere attribuë au
Nepenthes dont Helene fit
prefent à Telemaque, la faculté de purger l'efprit de
toute forte d'ennuis, Diodore nous affeurant qu'encores
de fon temps les femmes de
Thebes d'Egypte auoient le
mefme preferuatif. Et quoi
que Pline nous ait appris cét
ancien vfage, de porter auec
le doigt de la faliue derriere
l'oreille pour efloigner les
fafcheries, & pour fe deliurer d'inquietude. Si eft-ce
que ie m'empefcheray bien
de donner la moindre crean-

L. 1. iuxta fi-
nem.

L. 28. Hift.
Nat. c. 2.

ce à des choses qui sont appa-
ramment si vaines ; & ie me
contenterai d'emploier l'authorité du discours, & la force du raisonnement, pour
combattre l'afflictió de quelque costé qu'elle se presente,
& pour surmonter si faire se
peut les plus grandes aduersitez.

I'auoüe que la plus com-
mune pésee de tous les hommes abhorre si fort les infortunes, & est si ennemie des
deplaisirs, que la seule apprehension qu'on en a cause par
fois d'estranges accidens. Ce
noble Venitien Laurens San- Card. de
nut deuint gris pour le reste inim. on.
p. 211.

de ses iours se voyant entre
les mains des François, & cela par vn effect si subit, que
dãs vn espace de quatre heures seulement de prison, son
poil acquit vne blãcheur que
la liberté ne luy pût iamais
faire perdre depuis. Le Philosophe Cyrenaique Hege-
sias representoit auec vne si
puissante expression les calamitez de cette vie, que la
crainte d'y tomber portoit
souuẽt ses auditeurs à se donner vne mort volontaire; ce
qui obligea l'vn des Ptolo-
mées à luy deffendre de plus
examiner en public cette
matiere. Et veritablement
il

il semble qu'vne telle auersion ait son fondement dans
la Nature, puis que l'ennui
& le chagrin que donnent
les afflictions, la destruisent
entierement, selon l'allusion
de Platon dans son Cratyle,
& de Chrysippe depuis, en- Cic. 3. Tuf.
tre ces deus mots Grecs, αυτλω, qu.
& λυόλω, comme si le deplaisir
estoit la chose du monde qui
cause le plustost la dissolution
de nostre Estre. / Salomon
nous auoit enseigné long-
tems auparauant la mesme
doctrine, par vn prouerbe des
Hebreus, qui porte que les Cap. 25.
Teignes ne sont point si contraires aus habillemens, ny

L

ces autres petits vers aus bois
qu'ils reduiſent en poudre,
comme la triſteſſe fille aiſnée
de l'aduerſité eſt ennemie du
cœur humain, qu'elle ronge
& conſomme peu à peu. Auſſi
n'eſt-ce pas merueille que des
coups du Ciel, tels que ſont
ceus qui font toutes nos infortunes, ne trouuent rien
icy bas qui leur puiſſe reſiſter.
Comme ils partent d'vn lieu
ſi haut, ils tombent ſi peſam-
ment en ſuitte, & auec tant
de violence ſur nos teſtes, que
nous en demeurons ordinairement accablez.

Il n'y a perſonne pourtant
qui les puiſſe eſuiter. Noſtre

vie commance par les pleurs,
nous la passons auec mille
soucis, & nous ne la finissons
iamais que dans la douleur.
N'est-ce pas ce que les Poëtes
nous ont voulu donner à entendre, faisant sortir le Soleil
de la Mer au matin, & l'obligeant à se coucher encore
tous les soirs dans l'Ocean,
pour signifier que nos iours
naissent & se terminent toûjours par l'amertume. Que
s'il s'en coule quelques-vns
de plus fortunez que les autres, & si cette diuersité peut
estre comparée à celle de la
Musique, que font les notes
blanches & les noires; asseu-

L ij

rément qu'à marquer de la derniere couleur nos malheureuses iournées, comme faisoient les Anciens, elles occuperont presque tout le Kalendrier; & que si nostre vie est vne melodie, les souspirs en font la plus grande partie,

Ouid. l. 2. de rem. am.

Et quis non causas mille doloris habet?

C'est pour cette consideration qn'on a dit, que l'homme eust esté mieus defini par animal pleureus, que par animal risible, comme quelques Philosophes vouloient faire. Car parce que nos ennuis sont des abysmes qui se sui-

uent, & des precipices qui
s'engendrent l'vn par l'autre, *adonde vas mal? adonde
mas ay*, nous sommes pour
nous pleindre tousiours, si
nous souffrons qu'vn si mauuais effect dure aussi long-
tems que sa cause. Et de
verité il y a des hommes,
selon l'obseruation de Pline, L. 16. Nat.
                             Hist. c. 25.
qui ressemblent à ces arbres
tristes & lugubres, tels que
les Pins, les Yeuses, & les Ge-
neures, dont la fleur ne paroist iamais, pour qui il semble qu'il n'y ait point de Printemps, *quæque non sentiunt
gaudia annorum*, pour vser
de ses propres termes. Nous

voyons de certaines perſonnes à qui les plaiſirs meſmes
ſont des ſemences de dou-
leur : Leur vie n'eſt pas plus
vne Odyſſée d'erreurs, qu'v-
ne vraie Iliade de maus: Et
vous diriez que la ſeule conſideration des diſgraces per-
petuelles qui accompagnent
ceus de ce temperament, fit
prendre aus anciens le Miel
pour vn ſymbole de mort,
comme le Fiel eſtoit celui de
noſtre naiſſance.

Mais ie ne m'apperçoi pas
qu'au lieu d'enuiſager ſim-
plement l'aduerſité pour la
deſarmer, & de contempler
nos mal-heurs de ſorte que

Porph. de an-
tro Nymph.

nous y trouuions le remede
selon ma premiere proposi-
tion ; ie les examine d'vne
façon qui semble les rendre
ineuitables, & ie donne vn si
grand pouuoir en apparence
aus afflictions, qu'il ne seroit
pas en nostre possible de n'y
point succomber. Si est-ce
que nous tirerons de la mesme de puissantes armes pour
les combattre. Car puis que
les loix de nostre humanité
la soumettent à tant d'infortunes, n'est-il pas raisonnable que nous nous y accom-
modions doucement, & que
nostre industrie s'applique à
à nous faire souffrir patiem-

ment, ce qu'autrement nous
trouuerions infupportable?

Cedamus, leue fit quod bene
fertur onus.

Ou. l, 1. am.
cl. 1.

Et pour parler auec equité
en mettant la main à la con-
fcience, lequel des deus eft
le plus iufte, ou que nous
obeïffions aus ordres immua-
bles de la Nature, ou qu'elle
fe rende efclaue de toutes nos
volontez? Nous voudrions
bien obtenir d'elle par priuilege d'eftre exemts d'incom-
moditez, iufques aus moindres trauerfes qui fe reffen-
tent neceffairement dans la
vie. Cependant elles font
vne des principales pieces de

ce qui entre dans la composition de l'Vniuers, dont nous
ne sommes qu'vne bien pe-
tite partie. Ce qui nous blesse-
se particulierement en cela,
sert à la conseruation du to-
tal. Et ce qui semble aller
contre nostre desir en s'op-
posant directement à nos
contentemens, n'est rien que
le cours ordinaire du Monde, & le bransle reglé qu'il
reçoit de la main du Tout-
puissant. En effect c'est ne
connoistre que la moitié de
son Estre, de n'auoir iamais
senti que la Prosperité, *sem-*   Sen. de prou:
per esse felitem, & sine morsu   c. 3.
animi velle transire vitam,

ignorare est rerum natura al-
teram partem. Ne serions-
nous pas tout à fait ridicules, dit Dion Chrysostome,
si par vn tems de pluie nous
demandions à Dieu auec
grande instance, qu'il n'en
cheust pas la moindre goutte
sur nous. Ou si dans vn voiage de Mer nous le coniurions
de mesme, d'exempter no-
stre vaisseau des coups de va-
gues que les vents esleuent
par fois de tous costez. Et
certes les traits de la Fortune
quand elle est irritée sont
souuent si rudes & si frequens, qu'on les peut com-
parer aus plus fortes pluies,

Orat. 16,

& aus plus orageuses tempe-
stes, *væ vnum abijt, & ecce* Apoc. c. 9
& 11.
veniunt adhuc duo væ. Il faut
opposer à tout cela, au lieu
de murmurer contre le Ciel,
vne constâte resolution d'acquiescer à ses sainctes ordonnances. Et puis que nostre
naissance nous oblige à la
souffrance , aussi que d'ailleurs le nombre de nos miseres est arresté de toute eter-
nité, *olim constitutum est quid* Sen. de prou.
c. 5.
gaudeas, quid fleas, respectons
la Prouidence diuine, que les
anciens nommoient Fatalité
ou Destinée , & sans offencer nostre franc-arbitre cher-
chons nostre principal soula-

gement dans la necessité de
vouloir librement ce qui ne
peut estre esuité. Pourquoi
ne defererions nous pas à ce
raisonnement, qui fut le seul
dont Democrite se voulut
seruir pour surmonter l'in-
consolable regret de Darius
à la perte de la plus chere
de ses femmes. Cét excel-
lent Philosophe ne voulut
pas d'abord choquer de droit
fil vne passion d'autant plus
violante ; que celles des
Grands ne sont iamais petites, & qu'elles vont presque
tousiours à l'extremité. Il
promit donc à ce Monarque
de faire reuiure celle dont il

pleuroit la mort si amerement, pourueu qu'il em-
ploiast sa puissance à lui faire
recouurer les choses necessaires pour vn si difficile ouurage. Apres auoir vn peu
flatté son mal de la sorte, &
vsé de quelques recherches
aussi ridicules qu'elles estoiét
feintes, il lui fit sçauoir qu'il
n'auoit plus besoin que des
noms de trois personnes qui
n'eussent iamais ressenti d'aduersité en ce monde, pour les
grauer tous trois sur le tombeau de celle dont la memoire lui estoit si chere, ce qui
deuoit terminer l'entreprise
dont il s'estoit chargé. Et

parce que toute l'Asie, qui
estoit sous la domination de
ce Prince, ne lui put iamais
fournir vn seul nom de la
condition requise, Demo-
crite prit alors sujet d'appliquer le vrai remede au mal
de son patient, vsant de ce
ris ordinaire, qu'on nommoit
Abderitain, & luy remon-
strant qu'il auoit tort de
prendre si fort à cœur les
afflictions, puis que de tous
les hommes qui estoient sur
la terre il n'y en auoit pas vn
qui en fust exempt, & qui
n'eust vray-semblablement
plus de raison que luy de se
pleindre de la rigueur du

Deſtin. Or ce qui fut capable de perſuader Darius & de le reduire à la raiſon, doit eſtre d'vſage à tous les hommes, qui ne trouueront rien d'intolerable dans la vie, quand ils auront fait les reflexions conuenables ſur la neceſſité de tant d'euenemens faſcheus, dont il eſt impoſſible que nous puiſſions nous deffendre. Que s'il eſtoit loiſible de prendre le Ciel à partie, & de former des complaintes contre ſes decrets eternels; il ne le faudroit pas faire, comme diſent de grands autheurs, pour des ſujets ſi bas, ny ſi ordinai-

res. Il vaudroit mieus se
pleindre tout d'vn coup, de
ce qu'il ne nous a pas donné
le moyen qu'ont les Aigles
de nous approcher de lui;
ou de ce que nous ne naissons
pas inuiolables & immortels,
comme ces Essences pures &
incorruptibles qui lui donnent le mouuement. Car il
n'y a peut-estre pas plus de
repugnance à nostre Nature
dans de semblables imaginations, pour extrauagantes
qu'elles soient, qu'aus desirs
de ceus qui voudroient estre
exemts de tout ennui, & qui
ne sçauroiét souffrir la moindre disgrace de Fortune.

Consi-

Confiderons maintenant
que ce que nous fuions auec
tant d'auerfion, eft parauan-
ture plus à noftre auantage
qu'autrement. Car s'il eft vrai
qu'vn homme endormi foit
bien plus aifé à furprendre
que celui qui veille, il ne faut
point douter que noftre condition ne deuienne beau-
coup meilleure par les aduer-
fitez, qui nous refueillent
de cét affoupiffement que
donnent les plaifirs, & de
cette langueur d'efprit que
fouffrent les hommes heu-
reus. C'eft pourquoi la Religion nous enfeigne que
Dieu nous enuoie des affli-

M

étions pour nous esprouuer, & pour nostre bien, comme vn Pere qui vse de seuerité enuers ceus de ses enfans qu'il aime le mieus. *Quia acceptus eras Deo*, dit l'Ange Raphael au bon homme Tobie apres l'auoir gueri de son aueuglement, *necesse fuit ut tentatio probaret te.* Et l'Ecclesiaste ne nous asseure-t'il pas selon cette doctrine, que le cœur des Sages nage dans la tristesse, comme celui des fous est tousiours dans la ioye & parmi les contentemens? On peut donc soustenir que les ennuis que causent les plus grands desastres, sont com-

Cap. 12.

Cap. 7.

me des poifons dont le Tout-
puiffant compofe la Theria-
que qui nous doit fauuer. Et
cela eft fi conftât par les principes de la Pieté, que Boëce Profa 5.
n'a point feint d'auancer ce
paradoxe dans le fecond liure de fa Confolation, que la
mauuaife fortune eft fans cõ-
pataifon plus vtile, que celle
qui porte le nom de bonne &
de profpere. Certes puis que
le Ciel eft l'origine de nos ad-
uerfitez quand nous les auõs
meritées, leur fin ne nous
fçauroit eftre que profitable,
parce qu'il ne nous arriue iamais rien de fi bon lieu, que
pour noftre bien. Auffi ne
M ij

sçauroit-on specifier en combien de façons nous pouuons
proffiter des malheurs qui
nous suruiennent. Ils nous
asseurent de nos veritables
amis; & leur opposition nous
fait estimer plus que toute
autre chose les faueurs de la
Prosperité. Ainsi ce que l'exil
a de rude rend la patrie plus
agreable; la maladie fait que
l'on trouue la santé meilleure; & la pauureté ressentie
nous donne plus de satisfaction des richesses que nous
n'en receuriós si nous auions
tousiours esté dans l'opulan-
ce. Considerós d'ailleurs que
ce furent les persecutions de

Saül qui firent paroiſtre les 1 Reg.c. 18.
plus eſclatátes vertus de Da-
uid. Hercule ſeroit inconnu
ſans les monſtres, & Samſon
ſans les Philiſtins. Ne ſçait-
on pas que les conques ma-
rines ne conçoiuent les perles que pendant l'effroi du
tonnerre ; & que cette pre-
cieuſe liqueur de la myrrhe
ne coule que par les inciſions
& les plaies de l'arbre qui la
produit. Nos ames ont ie ne
ſçai quoi de pareil: Leurs plus
nobles productions ſe font
durant l'orage des afflictions:
Et ſi quelque reuers de Fortune ne les entame, lon n'en
recueille iamais ce qu'elles

ont de meilleur. Ce sont des
vignes qui veulent estre tail-
lées pour porter ; des plantes
qu'il faut tordre pour les re-
dresser ; & des arbres qu'il est
besoin d'esbrancher tant afin
de les conseruer, que pour en
receuoir du fruict. Mais puis
que nous en sommes sur cette comparaison, y a-t'il rien
qui donne tant de fermeté à
ces mesmes arbres, & qui leur
face ietter de plus profondes
racines, que la violance des
vents, & leur agitation ordinaire ? Ceus qui croissent à
l'abry dans des vallons agreables, n'ont nulle solidité, & ils
sont si fragiles que la moin-

dre tempeſte les renuerſe.
Les hommes à qui toutes
choſes rient, tombent dans
le meſme inconuenient ; il
ne faut qu'vne petite diſgra-
ce pour les accabler ; & ſi les
vents contraires ne leur tirent par fois au viſage, ils ne
contractent iamais cette vigueur ny cette aſſiette ineſ-
branſlable qui eſt la baſe des
vertus heroïques. Nous auōs
chez nous meſmes des preuues encore plus ſenſibles de
cela. Les membres que nous
exerçons le moins , comme
ſont ordinairement ceus du
coſté gauche , n'ont garde
d'eſtre ſi robuſtes que les au-

tres. La peine & la fatigue
seruent au corps & à l'esprit
esgalement.

Ce n'est pas tout, la pluf-
part des choses qui nous affligent & que nous prenons
pour de grandes infortunes,
n'ont rien en elles mesmes
qui nous deust deplaire, si
nous ne les enuisagions du
mauuais biais, & si nous n'e-
stions preuenus de cette opinion erronée contre qui les
Philosophes declament sans
cesse, & qu'Heraclite entre
tous nommoit fort proprie-
ment vne maladie epidemi-
que & sacrée, ιερὰν νόσον. Regar-
dez ceus qui se croyent les

Diog. Laërt.
in Hera.

plus mal traittez du fort, parce que leur naiſſance les oblige au genre de vie le plus laborieus de tous, & qu'il fault
qu'ils gangnent le pain dont
ils ſe ſouſtiennent à la ſueur
de leur corps. Ces meſmes
perſonnes à qui le trauail deſ-
plaiſt ſi fort tout le long de la
ſemaine, ſe demeneront à ou-
trance cinq ou ſix heures durant le Dimanche ſous l'orme au ſon du violon ou de la
fluſte, non ſeulement ſans ſe
pleindre, mais auec deſſein
meſmes de ſe delaſſer en s'a-
gitant de la ſorte, & de repa-
rer leurs forces pour le lendemain. Et afin de parler de

nous-mesmes, ne nous affli-
geons nous pas tous les iours
s'il fault que nous chemi-
nions dauantage & plus viste
que de coustume, lors qu'il
est question de donner ordre
à quelques affaires ? L'émo-
tion que nous y acquerons,
pour petite qu'elle soit, nous
semble insupportable , & la
moindre humidité qui nous
en vient au front nous fait
dire que nous sommes fort
miserables. Cependant nous
ferons toute vne apresdisnée
à courir apres vne bale entre
quatre murailles , auec vne
sueur vniuerselle de tous les
membres qui nous est tres-

agreable, & que nous croions
mesmes qui sert de beaucoup
à nostre santé. Bref, à le prendre dans le general , qui est le
Chasseur qui se pleint de la
fatigue ? le ioüeur , d'estre
trop sedentaire ? ou l'amoureus , de seruir auec trop de
subjettion. Vous direz peut-
estre que tout ce que ceus là
souffrent estant volõtaire, ce
n'est pas de merueille qu'ils
l'endurent patiemment. Hé,
qui nous empesche de faire
librement & auec plaisir ce
que nos Destinées ont arresté? & de nous accommoder
franchement à ce qu'en tout
cas nous ne sçaurions esuiter?

Car si nostre mortification
ne vient que de la necessité,
& de la contrainte, ce ne
sont pas les choses conside-
rées nuëment, & en elles-
mesmes, qui nous touchent;
c'est la façon dont nous les
prenons, & cette resistance
que nous apportós de nostre
costé à les bien receuoir. Sans
mentir tout dépend de là, &
il n'y a point d'aduersité tellement au dessus de nos forces que nous ne la puissions
surmonter, ou mesmes nous
y accoustumer en la prenant
du bon costé, & auec vne
moderation d'esprit qui se
soumette à tout ce que le

Ciel ordonne. Elien efcrit que le Dragon de mer ne peut eftre tiré de l'eau tant il s'appefantit & refifte ; fi on penfe le prendre de la main droitte ; mais qu'on en vient facilement à bout, & qu'il fuit fans beaucoup de peine, quand on emploie la gauche à cette forte de pefche. C'eft tout au rebours du fujet dont nous traittons. Si nous rece-uons de la bonne main, c'eft à dire genereufement & auec refolution les perfecutiõs de la Fortune, nous trouuerons qu'elles n'ont rien que de le-ger & de fupportable. Que fi au contraire nous y em-

L. 5. de hift, an. c. 37.

ploions la gauche , & qu'au
lieu de traitter courageuse-
ment auec elles, nous y pro-
cedions mollement & com-
me des effeminez ; elles s'ap-
pesantiront sur nous, & nous
serons cause nous mesmes de
tout le mal qu'elles nous feront.

Car ie veus donner aus aduersitez toute l'existence possible , & supposer qu'on les
peut mettre entre les plus
grands maux dont nostre nature soit capable. N'est-ce
pas cela mesme qui nous doit
animer le courage à n'y pas
succomber , afin d'auoir la
gloire que donne vne belle

resiſtance , & pour ioüir de
ce ſecret plaiſir dont vne ame
eſt touchée, qui ſe reconnoiſt
heureuſe parmi les meſmes
choſes qui ont accouſtumé
de rendre le reſte des hommes malheureus. Il ſe trouue
ie ne ſçai quelle volupté à re-
ceuillir du milieu des afflictions, que Metrodore ne
vouloit pas que nous laiſſaſ-
ſions perdre ou eſcouler inutilement, & qui fait auoüer à
Epicure meſme, qu'vn hôme
ſage peut trouuer de la dou- Sen. Ep. 67.
& 100
ceur au milieu du Taureau
de Phalaris. Certainement il
n'y a que les Eſprits trop delicats qui ſe laiſſent conſom-

mer par les desplaisirs, cõme
ce sont les bois tendres seulement , que le ver ronge &
reduit aisément en poudre.
Quoi qui puisse arriuer aus
autres , il ne se presentera iamais d'accident si estrange,
contre lequel ils n'ayent preparé vne dispositiõ interieure pour le receuoir auec con-
stance , & pour le tourner
mesmes à leur contantemẽt.
Ils sçauent bien que comme
les vents purifient l'air, qui
se corromproit s'il n'estoit
agité; comme le feu nettoye
les metaus de toutes les ordures qu'ils contiennent; &
comme les tempestes pur-
gent

gent la Mer d'vne infinité
d'excremens dont ils dai deli-
urent; les afflictions ne sont
pas moins neceffaires pour
corriger tant d'habitudes vi-
cieufes qu'engendre le trop
d'aife, & cette felicité crou-
piffante qu'vn Philofophe
Cynique nommé Demetrius
comparoit fi proprement à
la mer morte des Geogra-
phes. En effect vne vie exem-
te de toute trauerfe, & fans
agitation ni mouuement qui
l'inquiete, n'eft pas vne tranquillité fouhaittable, c'eft
vne bonace importune, &
pire que la tempefte. O qu'il
vault bien mieus s'exercer

N

contre la Fortune, que de lan-
guir sans action parmi toutes
les caresses. *Malo me fortu-*
Sen. Ep. 68.
na in castris suis, quàm in de-
liciis habeat, disoit fort bien
le Stoïcien Attalus. Outre
le contentement que donne
dans ce combat la satisfaction
interieure, l'on a celuy de
bien faire à la veuë de tout
le monde. Car c'est alors que
nous sommes aus prises auec
cette inconstante, qu'vn chacun tourne les yeus sur nous
pour prendre garde à toutes
nos demarches. On ne con-
temple gueres le Soleil auec
attention que quand il est e-
clipsé; & les mouuemens de

la Lune ne sont obseruez
auec curiosité, qu'alors qu'-
elle est en trauail, comme
parlent les Poëtes. D'ailleurs
vn homme dans le mal-heur
tire encore cét auantage de
ses disgraces, s'il en vse comme il faut, qu'on le regarde
auec respect & admiration.
Car les desastres donnent
quelque sorte de majesté aus
plus miserables, qui nous fait
souuent retirer aussi bien du
chemin d'vn aueugle que de
celui d'vn Roi. Et c'est pourquoi les anciens consacroiét
les lieus où la foudre estoit
tombée, pour nous faire honorer iusques aus moindres

vestiges du courroux du Ciel
& des aduersitez qu'il nous
enuoie.

Touchons maintenant vne autre consideration qui peut adoucir leur pointe, & nous les rendre beaucoup plus supportables qu'on ne les croit. Si elles n'auoient rien en soi que ce qui paroist d'abord affreus à nos yeus, ce ne seroit pas merueille que nous en eussions tous vne tres grande auersion. Mais si elles sont capables nonobstant cette premiere rencontre qui nous estonne, de nous faire du bien à la longue, & de nous estre plus auantageu-

ses qu'autrement, pourquoi
les aurons-nous en horreur?
En effet il arriue souuent que
nos plus grandes disgraces
donnent lieu à nos plus par-
faits contentemens. Elles
sont semblables à ces fievres
dont parle Hippocrate, qui
nous guerissent de certaines
maladies & nous rendent la
santé que nous auions per-
duë. Polybe fait cette refle- L. 5 Hist.
xion, plustost comme Philo-
sophe que comme Historien,
au sujet du tremblement de
terre qui ruina la ville de
Rhodes, & ce prodigieus
Colosse qui la rendoit si celebre dans le monde. Car il

N iij

obſerue qu'vn ſi miſerable accident fut plus vtile aus Rhodiens qu'il ne leur auoit cauſé de ruine, parce que leur ſageſſe ſçeut profiter de leur infortune, en l'exaggerant ſi bien par toute la terre, que le prix des preſens qu'on leur fit là deſſus excedoit en fin de beaucoup celui de leur perte. Qui euſt creû que les reliques de Troye deuſſent eſtre conſeruées par vne ville de Grece, & que leur exaltation viendroit des meſmes mains qui auoient embraſé Ilium ? Si eſt-ce que l'Oracle apprit à Enée que c'eſtoit de là qu'il deuoit

attendre son premier bon-
heur.

----*Via prima salutis,* Virg l 6.
Æn.

Quod minime reris, Graia
pendetur ab vrbe,

Ce n'est donc pas sans sujet
que Seneque console son ami
sur vn autre incendie arriué
à Lion qui l'affligeoit extremement, par la raison des
euenemens contraires à nostre attente, & qui nous donnent souuent autant de contentement, que nous en a-
uions apprehendé de fasche-
rie. *Sæpe maiori fortunæ locum* Ep. 91.
fecit iniuria. *Multa cecide-*
runt vt altius surgerent, & in
alias imagines. Chacun se

N iiij

peut dire à soi-mesme ce que
Seneque escrit à Lucilius ; &
se representer dans les plus
grandes persecutions de la
Fortune, que son inconstan-
ce la porté assez ordinairement d'vne extremité à l'autre. Elle se plaist par fois à
nous traitter comme le Sol-
leil, qui ne nous donne point
de moisson si fertile, que lors
qu'il nous a le plus incom-
modez de sa chaleur. Ne
nous rendons pas miserables
sur les apparences du courroux de cette Diuinité aueugle ; il en peut estre comme
des sacrifices qui se faisoient à
cét autre aueugle le Dieu des

richesses, ou les mauuais fi-
gnes des entrailles se deuoient interpreter à bien, &
produisoient tousiours de
bons succés.

Or ie ne dis pas sans sujet
qu'on se peut entretenir soi-
mesme en de semblables rencontres. Nous nous deuons
former des habitudes par
le moien du discours interieur, propres à surmonter
toute sorte d'aduersitez. Et
afin de donner quelque mo-
dele de ce qui se peut prattiquer en cela, ie coucherai
icy de petites Homelies que
i'ay dressees la pluspart pour
mon vsage, & qui pourront

neantmoins seruir à d'autres
qu'à moy, toutes simples
qu'elles sont, pourueu que
l'air qu'elles ont de l'antiquité ne les face pas mespriser.

l'ay de grandes afflictions.
A la bonne heure, Dieu e-
xerce ceus qu'il aime. C'est
signe qu'il nous visite, & qu'il
nous veult donner matiere
de meriter selon la petite
portée de nos forces. Le vin
ne se peut exprimer des grappes qu'en les pressant. Et le
grain ne sortiroit pas de son
espy s'il n'estoit battu du
fleau.

Mes malheurs sont extre-

mes. Consolons-nous, il n'y
a rien à souffrir au de là de
ce que nous endurons. No-
stre assiette n'est pas si mauuaise puis qu'elle ne sçauroit
empirer. La Fortune, com- M. Sen. in Agam. & in Oed.
me parle cette Cassandre, a
consommé toutes ses forces
contre nous; ayons le plaisir
de la voir aus abois. C'est
la nature des moindres maus
d'estonner, de surprendre, &
d'effaroucher; ceus qui sont
arriuez à l'extremité des nostres affermissent le courage,
& nous rendent beaucoup
plus traittables, *poco dano*
espanta, y mucho amansa, ou
selon les termes du Tragique,

Solent suprema facere secu-
ros mala.

En tout cas, les petites douleurs sont trop babillardes,
les grandes donnent de la generosité en nous obligeant
au silence.

Le nombre de mes deplai-
sirs est innombrable. Qui ne
sçait qu'vn mal est souuent
le remede d'vn autre? & que
plusieurs venins proffitent
ensemble, qui seroient nui-
sibles separément? Les Medecins surmontent des flu-
xions froides par le moyen
de la fievre tierce qu'ils susci-
tent expressement. Certes
si nous n'auions qu'vn object

Athenag. l.
6.

d'ennuy deuant les yeus, il
deuiendroit intolerable ; la
diuersité fait que l'ame en
est moins touchée, parce
qu'elle ne s'attache pas tant
à chacun, & que le changement, mesmes aus choses af-
fligeantes, nous recree.

Ie n'ay qu'vn ennui, mais
il est des plus violens. Ne
vault-il pas mieus souffrir
tout d'vn coup, que de lan-
guir long-temps. Le Ciel
vse de benignité en nostre endroit, de nous imposer tout
à la fois la peine que nous deuons supporter. I'aimerois
mieus estre deuoré des Lions,
que mangé des mouches.

Ouid. 3. de
Pon. el. 7.

*Mitius ille perit subita qui
    mergitur vnda,
  Quàm sua qui liquidis bra-
    chia lassat aquis.*

Et il n'y a personne qui n'en-
durast plus volontiers, parce
que ce seroit auec moins de
douleur, vn coup d'espée,
que cent piqueures d'espin-
gle.

O le grand desastre qui me
vieht d'arriuer ! Vn peu de
patience. Il finira bien tost,
ou nous finirons. Tout ce
qui est violent n'est pas de
durée. Si c'est le leuer d'vn
astre qui nous regarde ce
matin d'vn maling aspect,
peut-estre qu'autant qu'il se

ébuche-il nous ébuletaune
plus fauorable influence ; &
au pis aller cette difgrace fera vrai-femblablement
reparée par la puiſſance d'v-
ne autre eſtoile qui paroiſtra
demain ſur noſtre horizon,

Sæpe premente Deo, fert Ouid. 1.triſt.
cl. 2.
Deus alter opem.

Vous eſtonnez-vous que le
Soleil vous cache ſa face en
vn inſtant, & qu'il vous donne cependant vne mauuaiſe
iournée ?

Nube ſolet pulſa candidus Ouid 1.triſt.
ire dies.

Il n'y a que les ignorans qui
prennent ſon eclypſe pour
vne nuict. Ceus qui ſçauent

le branſle du monde, & le
mouuement des corps ſupe-
rieurs, la voyent paſſer ſans
s'eſtonner. Pourquoi nos infortunes auront-elles plus de
pouuoir ſur nous en esbran-
lant noſtre reſolution, puis
qu'elles n'ont qu'vne meſme
origine, & que tout vient
d'enhault?

Ie pouuois eſuiter ce mal-
heur. C'eſt ſe tromper ſoi-
meſme que de diſcourir ainſi. En tout cas il n'y a point
de plus grande infelicité,
comme diſoit ce Demetrius
dont nous parlions tantoſt,
que de n'auoir iamais eſté
dans l'aduerſité. Et ſi nous
en

en croyons la Noüe, vn Ge-Parad. 3.
neral qui n'a iamais receu de
defroute n'eſt pas aſſez expe-
rimenté ; il luy eſt auantageus d'auoir eſté quelquefois
battu. Mais ce qui importe
le plus, c'eſt de s'accommoder
au tems ſans perdre courage,
de tourner doucement ſon
tonneau ſelon le vent à la façon de Diogene, & d'imiter
les bonnes lames qui ploient
ſans rompre. Que ſeroit-ce
ſi nous deuions reſſembler à
ces grands hommes qui faiſoient gloire d'irriter la Fortune, & dont le courage s'al-
lumoit comme le ſabot aus
coups de foüet qu'ils rece-

O

uoient d'elle? Auec beaucoup
moins de fermeté que la leur
on se rend tout facile, &
nous nous accoustumerons
au mal mesme, dans vn degré
de vertu bien au dessous de
celui qu'ils possedoient, *en fin*
los duelos con pan son buenos.

Il m'est impossible de resister à cette disgrace. Courage mon ame : Ce sera peut-
estre vn coup fauorable comme celui qui creua l'aposthu-
me de Iason de Pheres. Le
laict se fait du sang, & la douceur du miel sort de l'amertume du Thim. Imitons la
Nature qui tire toutes ses ge-
nerations de la corruption.

Et faisons que cette medeci-
ne degoustante que la Fortune nous presente, serue à nostre santé spirituelle.

Ie suis le plus infortuné
des hommes. Autant en dit
l'enfant qui a perdu vne pomme. On a remarqué il y a
long-tems que c'est le vice
ordinaire de nostre humanité de s'estimer plus miserable
qu'on n'est, & de vouloir
neantmoins paroistre plus
heureux qu'on ne l'est en effect. O la ridicule vanité!
Nous sommes ambitieux en
nos maus d'vn costé, & las-
ches de l'autre. Mais comment puis-je sçauoir que ie

suis le plus malheureus de
tous, si ie n'ai pas conté auec
les autres. Si ie sçay mesmes le nombre de mes dis-
graces, c'est signe que ie ne
suis pas le plus mal traitté,

Ouid. 5.
Tuft. el 1.

*Felix qui patitur quæ nume-
rare potest.*

Les lievres auoient la mesme pensée que moi de leur
condition, quand ils se vou-
lurent precipiter de deses-
poir dans vn estang; & neanmoins ils reconnurent que
les grenouilles qui fuyoient
deuant eus estoient encore
plus mal traittées du Sort, ce
qui fit qu'ils acquiescerent à
leurs Destinées. Prenons-y

garde de plus prez que nous
ne faisons, & nous trouuerons le dire de Socrate veritable, que si les afflictions
estoient à partager de nouueau entre les hommes, chacun ayant reconnu la por-
tion des autres, & ce qu'ils
ont à souffrir, s'estimeroit
tout heureus de reprendre
sa premiere distribution.

Ie suis menacé de tous costez de calamitez inéuitables.
Hé ! qui m'a fait si sçauant
dans l'auenir, pour me rendre miserable auant le tems ?
Les predictions qui se font
sur des maladies aiguës ne
sont iamais certaines. Le

O iij

vent d'vn chapeau peut deſtourner le plus grand coup de foudre. Que nous ſommes ingenieus à nous faire du mal en le preuenant. La crainte d'vn deplaiſir futur nous peine ſouuent plus qu'il ne feroit en preſence, & s'il eſtoit arriué. C'eſt reſſentir vne affliction beaucoup plus qu'il ne fault, que d'en eſtre touché pluſtoſt qu'il ne fault ; *plus dolet quam neceſſe eſt, qui ante dolet quam neceſſe ſit.* Voulons-nous comprendre combien il importe d'eſloigner de noſtre entendement cette peur auancée de ce qui n'eſt pas encore ? conſiderons

Sen. Ep. 99.

qu'elle eſt le plus grand de
tous les maus, puis qu'il n'y
en a point qui ne ſoit borné,
& que celle-cy eſt ſans limi-
tes. En effect on ne ſouffri-
roit que ce qui eſt determiné par le preſent, ſi noſtre
imagination ne nous faiſoit
apprehender tout ce qui eſt
contingent ou poſſible, d'où
naiſſent des ſoucis ſans nombre, & des douleurs d'eſprit
infinies, parce que l'effect ſe
reſſent de la nature de ſa
cauſe.

I'ay le cœur en preſſe, & l'a-
me accablée d'ennuis. N'eſt-
ce point accuſer des innocens? Car ſi nous en croions

le Sage Hebreu, l'affliction a
cela de propre qu'elle esueil-
le l'esprit plustost qu'elle ne
l'opprime. C'est la lime de
l'entendement qui le des-
roüille, l'esclaircit & le pu-
rifie. Il y a donc bien plus
d'apparence d'attribuer cet
abbattement de courage à
nostre poltronnerie & à nostre peu de resolution. Et
certes puis que la gayeté &
les plaisirs nous amollissent
manifestement, & nous effe-
minent; on peut conclure
par la doctrine des contraires, que l'aduersité a ses operations toutes differentes, &
qu'elle aiguise l'esprit en lui

donnant vne trempe de fermeté qui lui eſt grandement
auantageuſe,

> --*curis acuens mortalia* Virg. 1.
> Geörg.
> *corda.*

C'eſt ce que Crœſus dit à Cy-
rus en deus mots , παϑήματα , μα- Herod. l. 1.
ϑήματα , *nocumenta* , *documenta.*
Et s'il eſt permis de railler en
traittant de nos miſeres , ie
trouue que les Romains eurent raiſon ſans y penſer, de
nommer la reſioüiſſance *vi-
tulation* , & la Deeſſe qui pre-
ſidoit aus paſſe-tems de la vie
Vitule, ou *Vituline* ; n'y ayant
point d'hommes plus veaus,
cőme nous parlons èn François, ny qui agiſſent ordinai-

rement auec moins de vrai
cœur & de iugement, que
ceus qui font le plus auant
dans les contentemens, &
qui paroiſſent le plus fauorablement traittez de la Fortune.

Voila comme ie me fai des
leçons aſſez ſouuent à moi-
meſme, par les regles d'vne
Philoſophie qui m'a enſei-
gné auſſi bié qu'à Anthiſtene,
la façon de m'entretenir in-
terieurement, ἑαυτῷ ὁμιλεῖν δύναϲθαι,
mecum colloqui poſſe. Ibis fut
l'Oiſeau bien-aimé de Mercure dans la Theologie des
Egyptiens, parce que ſes plumes blanches & noires nous

Diog. Laër.
in Antiſth.

representoient l'vne & l'autre parole, l'exterieure ou
articulée, & celle du dedans
qui s'addresse à nous-mesmes. En effect la derniere
est l'instrument & le moyen
que cette sorte de Philosophie nous donne pour obtenir par nostre propre conseil,
& par des reflexions conuenables, la consolation que
la pluspart des hommes n'ac-
quierent qu'auec le tems,
& à la faueur des années.
Or il est bien plus honneste & plus auantageus, que
le discours ou la meditation
facent cette operation sur
nous, que de l'attendre du

simple bienfaict de la Nature. Et on peut dire que c'est
vne chose honteuse à vn animal qui se dit raisonnable,
que la tristesse le laisse plu-
tost qu'il ne la quitte, & que
l'vnique remede qu'il trouue
à son desplaisir soit la lassitu-
de de se pleindre. Pourquoi
deuoir à la seule foiblesse de
nostre memoire, qui pert en
fin la souuenance de toutes
choses pour sensibles qu'elles
soient, ce que le iugement
doit gangner d'authorité sur
nous? Ou pourquoi souffrir
au contraire que cette mesme faculté qui conserue pour
vn tems les especes du passé,

nous tourmente par fois de continuelles images d'affliction qu'elle refueille expref-
fement, au preiudice de l'entendement qui a vne iurifdi-
ction fuperieure, & qui comme maiftre eft obligé de mettre l'ordre & le repos au dedans? Ie fçai bien qu'on afli-
gne diuerfes voïes pour eua-
porer nos ennuis ; & qu'on
dit que chaque Nation s'en
deffait à fa mode, l'Alleman
en beuuant, le François en
chantant, l'Efpagnol en fouf-
pirant, & l'Italien en dor-
mant. Agamemnon tafche
mefmes dans le dixiefme de
l'Iliade d'arracher le fié auec

ses cheueus, ce qui fit dire à
Bion que c'estoit vn Roi bien
fou, de croire que la Pelade
fust vn bon appareil aus douleurs de l'ame. Mais il ne doit
y auoir, comme nous venons
de presupposer, que le seul
raisonnemét à qui nous don-
nions la gloire de combattre
& de surmonter nos aduersitez. *Quæ alij diu patiendo leuia faciunt, sapiens leuia facit
diu cogitando.* Nous luy auõs
preparé dans tout ce discours
des armes propres pour cela.
Et nous croyons que celui
qui s'en seruira selon nostre
project, ne deura pas apprehender beaucoup les attein-

Sen. Ep. 77.

tes de la Fortune ; voire mesmes, pour nous preualoir de
la pensée d'vn ancien, qu'il
pourra reduire cette mesme
Fortune, quelque ennemie
qu'elle luy soit, à la necessité
de le traitter plus fauorablement, tant elle aura de honte
d'estre impuissante à luy nui-
re, *ita se gerere in aduersis re-* Val. Max. l.
bus quid aliud est, quam sapien- 3. c. 7.
tem fortunam, in adiutorium
sui pudore victam conuertere.
Pour en parler sans figure, il
n'y a point de disgraces qui
doiuent hors les premiers
mouuemens l'emporter sur
la resolution d'vn homme sage. Elles peuuent tomber sur

luy en foule & auec grand eſ-
clat d'abord ; mais ce ſera
comme la greſle qui n'arreſte
point ſur la maiſon, quelque
bruit qu'elle face lors de ſa
cheute. / Ce n'eſt pas que la
ſageſſe le rende inſenſible, ni
qu'il ne reſſente bien ce que
les afflictions ont d'aſpre &
de faſcheus. Mais il s'y accommode doucement com-
me à l'amertume du ſel, qui
ſe meſle auſſi vtilement qu'a-
greablemét dans tout ce qui
ſert à noſtre nourriture. Il
condeſcend volontiers à ce
qui deſpend de ſa condition
humaine, dont il connoiſt
mieux que perſonne les infir-
mitez.

mitez. ⁊ Et parce qu'il sçait
qu'aucun n'est exemt d'ennuis ni de malheurs en ce
monde, puis que Mecenas,
comme Seneque l'asseure,
souffroit autant sur la plume
que Regulus sur la croix; &
puis que le grand Prestre Heli, selon la belle obseruation
de sainct Augustin, se rompit
le col en tombant de sa chai-
re, qui est le lieu apparam-
ment le plus asseuré où lon
puisse estre; il endure patiemment & sans murmurer tous
les reuers de la Fortune, &
toutes les mortifications que
le Ciel luy enuoye.

*L. de Prouid.
c. 3.*

*Quid vide-
tur sedente
securius? de
sella in qua
sedebat ce-
cidit Heli
sacerdos &
mortuus
est. l. 22. de
Ciuit. Dei.
c. 22.*

P

DE LA
NOBLESSE.

Ovs m'eſtonnez du meſpris dont a vou-lu vſer Damaſippe en voſtre endroit, comme ſi ſon meſtier de Gladiateur, & le merite de ſes anceſtres luy donnoient de grands auanta-ges ſur vous. Vn homme de condition libre ſeulement, quoi que de naiſſance infe-rieure à la voſtre, n'euſt pas

esté obligé de souffrir toutes
ses vanitez; & ie trouue vô-
tre procedé d'autát plus estimable, qu'en luy monstrant
sa sottise vous auez fait leçon
à tous ses semblables , de la
moderation dont ils doiuent
vser, s'ils ne veulent passer
pour ridicules. Mais puis que
non content de l'auantage
qui vous est demeuré en ce
rencontre, vous voulez que
ie vous dise ce qu'on peut generalement respondre à ceus
qui prennent tant de part
dans la gloire de leurs prede-
cesseurs, i'vserai de complaisance , & i'emploierai volontiers quelques heures de

tems à repasser par ma memoire ce que i'ay souuent
medité là dessus.

Il faut demeurer d'accord
que ce n'est pas sans sujet
qu'on donne presque par
tout, & de temps immemo-
rial, de grands auantages à
la Noblesse. La raison veut
que nous honorions la vertu aussi bien absente que presente ; & que comme ceus
qui l'ont cultiuée ne se sont
pas contentez de faire des
actions vtiles au public pour
le seul tems qu'ils ont esté au
monde ; puis qu'on en re-
cueille des fruicts plusieurs
siecles apres, nous y sions d'v-

ne reconnoissance propor-
tionnée à ce bien-fait, con-
tinuant à leur posterité le respect qu'ils ont merité de
nous. C'est sur de semblables
considerations que sont fon-
dées les prerogatiues du sang,
& les deferences que reçoiuent presque toufiours ceus
que l'extraction recomman-
de. La Noblesse, dit Aristo-   L. 4. polit.
te, n'est rien autre chose   c. 8 & l. 5. c. 1.
qu'vne marque de la Vertu
& de l'opulence des Ayeuls.
Or ce n'est pas seulement en
France que ce droict est en
vsage; le vieil & le nouueau
Monde en ont conuenu; &
comme il s'obseruoit dans le

Perou, & dans le Mexique,
on l'a trouué ſi bien eſtabli
aus Indes Orientales, qu'vn
Gentil-homme Iaponois, à
ce que portent les lettres du
bien-heureus François Xa-
uier, ne s'allieroit pour rien
du monde à vne femme ro-
turiere. Les Naires de la coſte des Malabares, qui ſont les
Nobles du païs, où l'on conte iuſques à dix-huict ſortes
de conditions d'hommes, ne
ſe laiſſent pas ſeulement toucher ny approcher de leurs
inferieurs; & ils ont meſmes
droict de les tuer s'ils en trouuent dans leur chemin allant
par les chams, ce que ces

L. Bartheme
& Barboſa
dans Ramu-
ſio.

pauures miserables esuitent
de tout leur possible par des
cris perpetuels dont ils rem-
plissent la campagne. Nous
sçauons que par tout où s'e-
stend la fausse Religion de
Mahomet, ceus de sa lignée
qu'on nomme Cherifs, y sont
en telle veneration, qu'au- Leon d'Af-
tres qu'eus n'oseroient por- frique.
ter le Turban vert, & qu'ils
sont mesmes irreprochables
en Iustice. Et comment les
Turcs & autres Musulmans
ne respecteroient-ils pas les
descendans de cét imposteur,
puis qu'ils estimét tellement
iusques aus cheuaus issus de
la caualle qui le portoit,

P iiij

qu'on n'oſeroit les battre, ny
les mal traitter, comme nous
l'apprenons de la relation
du ſieur de Breues. Cela me
fait ſouuenir de ce que i'ay
Des Hayes. leu dans vn autre Autheur,
que les Arabes tiennent vn
fidele regiſtre de la genea-
logie de leurs Barbes ou Ge-
nets, qu'ils vendent plus ou
moins ſelon la reputation de
leur race. Sans mentir il eſt
aiſé de remarquer dans toute la Nature, que l'origine de
chaque choſe eſt touſiours
de grande conſideration. Les
metaus ſont eſtimez par la
veine d'où ils viennent ; &
les plantes reçoient leur pris

de la grene ou de la tige qui
les produit. Ne mesprisons
donc pas ce dont tout le
monde fait tant de cas , &
que Dieu mesme semble n'a-
uoir pas negligé , lors qu'il a
voulu que deus de ses Euan-
gelistes fissent le denombre-
ment des Rois & des Patriar-
ches de qui selon la chair il
tiroit son extraction.

Mais quoi qu'on ne dispu-
te, absolument parlant, aucun des priuileges que peuuent pretendre ceus qui suc-
cedent aussi bien au merite,
qu'au nom & à la gloire de
leurs deuanciers ; il ne laisse
pas d'y auoir de la difficulté

à l'esgard de beaucoup d'autres qui ont degeneré, & qui
ne font paroistre aucune vertu hereditaire qu'on soit o-
bligé de respecter / Car l'o-
pinion de plusieurs est que la
reputation des Parens s'e-
stend si puissammét sur leurs
descendans , que comme la
lumiere du Soleil esclaire les
lieus les plus tenebreus, cette
mesme reputation peut illu-
strer des personnes qui me-
neroient vne vie tres-obscu-
re s'ils n'estoient illuminez
par ceus qui leur ont donné
l'Estre. Et à ne rien dissimu-
ler, cela se trouue par fois
veritable durant vn certain

espace de tems, la Noblesse
pouuant estre comparée à
vne dorure qui fait estimer
pour quelques mois ce qu'elle couure, & à qui elle donne de la splendeur, quoi que
bien tost apres on ne le regarde plus qu'auec mespris.
Quand nous auons deuant
les yeux le fils d'vn Heros, il
ne se peut faire que nous ne
soions touchez d'abord d'vn
respect meslé d'amour que
nous inspire la memoire du
Pere.   Mais lors que nous
reconnoissons en suitte que
son successeur n'a herité de
lui que des tiltres,

Indignus genere, & præ- Iuuen. Sary.

s.

claro nomine tantum
Inſignis,

Nous ne conſiderons plus cét
enfant que dans ſa iuſte valeur, & de meſme que nous
regarderiós vn ruiſſeau d'eau
trouble, dont nous ſçaurions
que la ſource ſeroit tres-clai-
re & tres-pure. En effect la
bonté eſſentielle de chaque
choſe eſt ce qui la recom-
mande; *tanto vale il cauallo,*
quanto va ; & nonobſtant le
conte de la iument de Ma-
homet que nous venons de
rapporter, nous ne ferions
iamais eſtat d'vn Rouſſin peſant & pouſſif, encore qu'il
fuſt venu du meilleur Cou-

reus du monde . Pourquoi
priserions-nous donc vn hôme , dit fort bien là dessus
Epictete, parce qu'il est fils ~Arianus L. 3.~
d'vn Consul, ou de quelque ~c. 14.~
autre grand personnage , s'il
n'a rien qui le fasse estimer
de son chef? Le Guazzo rend
cette pensée en termes fort
plaisans dans sa Ciuile con-
uersation, où il soustient que
plusieurs prennent le tiltre
de Gentilshommes & de *Ca-*
ualieri à cause de leur extraction , qui ne passeront iamais que pour *cauallari*, &
pour gens de neant, d'autant
qu'ils n'ont ny la mine, ny le
jeu, que de vrais palefreniers.

Ce sont des vases propres seulement aus plus vils seruices, encore que par vne conuersion toute contraire à celle du bassin d'Amasis, ils soient d'vne matiere qu'on adoroit auparauant sous des figures diuines. Et certes il n'en peut pas estre autrement, puis que nous auoüons tous que la vertu sert de fondement à la vraie Noblesse, qui ne sçauroit par consequent subsister, ny beaucoup moins estre de cósideration, si vous lui ostez ce qui la soustenoit. Elle ressemble, à le bien prendre, au zero, dont on ne fait nul conte quand il est seul, quoi que

Herod. l. 2.

son adjonction soit merueilleusement importante pour
augméter la valeur des nom-
bres.   Vne Noblesse nuë &
sans merite est vn O en chif-
fre , mais si elle sert de base
aus belles actions , elle en au-
gmente le prix , & leur donne vne grace toute autre
qu'elles n'auoient , comme
la feuille qui releue l'esclat
des pierres precieuses, & leur
communique estant dessous,
vn air, ou vn teint nou-
ueau.

Tout le monde neanmoins
n'est pas de ce dernier auis. Il
se trouue des personnes qui
ne content pour rien la nais-

sance, & qui n'accordent nul
auantage à la grãdeur de l'extraction. Elles croyent au
contraire qu'on ne peut sans
malheur estre reduit à s'en
preualoir, *miserum est aliena
incumbere famæ* ; qu'il n'y a
que les enfans infortunez qui
parlent du merite de leurs
peres, *quis parentem laudabit
nisi infœlices filij ?* qu'encore
qu'il y eust de la gloire pour
celuy qui laisse de beaus tiltres à ses descendans, il n'y a
point d'honneur à les receuil-
lir de ses ancestres ; & que la
Noblesse n'est qu'vne fumée
qui monte en hault selon sa
nature, & va blesser le cerueau

Iuuen. Sat. 8.

ueau de ceus qui en ſont ido-
latres. C'eſt bien plus, les
Egyptiens ne loüoient ia-
mais ceus de qui ils faiſoient
les oraiſons funebres, d'eſtre
ſortis d'vne illuſtre famille,
parce qu'en leur païs, dit Dio- *L. 1. Hiſt.*
dore Sicilien, chacun croioit
eſtre auſſi noble l'vn que l'autre. Marius proteſtoit autrefois dans Rome, qu'il ne
reconnoiſtroit iamais d'au-
tre nobleſſe que la vaillance, *Sall. de bello*
& que la Nature eſtant com- *Iugur.*
mune à tous, il n'y auoit
point d'homme de cœur qui
ne deuſt paſſer pour tres-no-
ble. Clodius renonça depuis
à cette qualité, & Dolabella *Dion. Caſſ.*
l. 37. & l. 41.

Q

qui estoit Patricien se mit
parmi le peuple, pour arriuer
l'vn & l'autre aus charges de
Tribuns. Les Suisses encores
aujourd'hui, les Cicules de
Transyluanie, & assez d'autres peuples se mocquent de
la vanité de ceus qui se glorifient d'estre nais gentils hommes. Et nous sçavons que
pour estre l'vn des six Am-
maistres de Strasbourg, qui
sont les premiers de la ville
en dignité, il y fault prouuer
sa Roture de huict races, tant
s'en fault que la Noblesse y
soit avantageuse. Que si nous
voulons remóter iusques aus
premiers siecles, nous y ver-

rons noſtre pere commun
qui exerce le meſtier de la-
boureur, mangeant ſon pain
à la ſueur du vilage, auſſi bien
que ſes enfans, qui furent
tous artiſans. Noé planta depuis la vigne: Abraham auoit
ſoin de ſes troupeaus: Et perſonne n'ignore que Saül &
Dauid n'euſſent la houlette
en main, deuant que d'y mettre le ſceptre de Iuda. Sans
mentir c'eſt, ſelon l'obſeruation de Dion Chryſoſtome, Orat. 15.
traitter pirement les hommes que les chiẽs ou les coqs,
que nous eſtimons par eus-
meſmes, & ſans auoir eſgard
à leur origine ; ſi nous meſ-

Q ij

priſons les premiers à cauſe
peut-eſtre que la Fortune n'a
pas eſleué leurs predeceſſeurs
auſques au plus hault de la
roüe. D'ailleurs n'eſt-ce pas
ſe parer des plumes d'autrui,
que de s'attribuer la gloire de
ceus qui ont eſté deuất nous,
& quand nous auons recours
à leur faueur, ne faiſons nous
pas comme ces criminels qui
alloient autrefois aus ſtatues,
& aus ſepulchres des morts,
pour y trouuer de la prote-
ction. Que ſi l'on eſt iniuſte
en s'appropriant ce qui n'eſt
pas à ſoi,

Senain Here-
cur.

— qui genus iactat ſuam,
Aliena laudat;

L'on n'est pas moins ridicule
quand on se croit deshonoré
par ses parens, à cause de leur
bassesse où lon n'a rien contribué. O que Socrate se fust
bien mocqué de ceus qui eussent pensé lui faire honte de
ce qu'il estoit fils d'vne Pha-
narete Sage-femme, & d'vn
tailleur de marbre nommé
Sophronisque. La mere d'Euripide vendoit des herbes: Le
pere de Demosthene estoit
Coutelier:

Plebeiæ Deciorum animæ, ple-
beia fuerunt
Nomina:

Juuen. Sat. 8.

Si est-ce qu'on ne peut pas
dire que la reputation de pas

vn d'eus en soit venuë moindre pour cela iusques à nous,
qui ne sçaurions encore auiourd'hui ouïr prononcer ces
grands noms sans les auoir en
quelque veneration, Mais
parlons vn peu de ceus de
nostre tems, & voyons par
exéple si le Cardinal d'Ossat
a esté moins honoré de tous
ceus de son âge, quoi qu'il
fust sorti de si bas lieu qu'on
ne vit iamais aucun de ses parens, non pas mesmes apres
sa mort, où il n'y eut que les

Thuan.l.131.
Hist.

pauures & ses seruiteurs do-
mestiques qui passassent pour
ses heritiers. Tant s'en fault,
i'obserue que tous ceus qui

rendent ce qui est deu à la
memoire, mettent entre ses
eloges la force de son esprit
qui l'esleua si haut, & le fit si
considerable, nonobstant la
bassesse de sa premiere condition, Ie veus rapporter deus
apophtegmes que ie trouue
tres-precis sur nostre sujet.
Le premier sera de ce Castellanus que la science fit connoistre au grand Roi François, & qu'vne response qui
touche le propos où nous
sommes auança dans ses bonnes graces. Ce Prince qui
comme ami des Muses escoutoit volontiers ceus qui lui
en pouuoient expliquer les

oracles , deuisant vne fois
auec Castellanus lui demanda s'il estoit Gentil-homme.
Sire , respondit - il , Vostre
Majesté n'ignore pas qu'ils
estoient trois dans l'Arche
de Noé, i'auouë franchement
que ie ne sçai pas bien duquel
des trois ie suis venu. Cela
pleut si fort au Roi qu'il le
fit son Predicateur; bien tost
apres Euesque de Mascons,
de Tulle en Limousin, &
d'Orleans; outre la dignité
qu'il lui confera de Grand
Aumosnier de France. Le
second mot remarquable est
du Pape Sixte cinquiesme,
qui se moquant de la sotte

Cicarellati
Six. 5.

vanité de beaucoup de personnes, disoit souuét en riant
qu'il estoit d'vne Maison tres-
illustre, puis que celle de son
pere faute de couuerture ré-
ceuoit par tout auec la lumiere l'illustration du Soleil.
Ie sçai bien qu'il repartit vne
autrefois au reproche qu'on
lui faisoit d'auoir gardé les
pourceaus, que pour le moins
c'estoient ceus de sa Maison,
voulant vrai-semblablement
couurir cette action basse, de
ce que le seruice qu'on se rend
à soi-mesme ne deshonore
point. Mais tant y a que comme il ne fit iamais paroistre
vne mauuaise honte d'auoüer
son extraction, aussi n'a-t'elle

pas empefché qu'il ne foit
reconnu d'vn chacun pour
vn tres-grand Pontife. Pourquoi nous tairons-nous des
Monarques temporels aprés
auoir parlé de ceus qui le font
dans le Spirituel? Ne fçauons-
nous pas la baffe origine d'Ar-
taxerxes en Perfe, du Potier
Agatocles en Sicile, & d'vne
infinité d'autres, qui ont pa-
ru fur tous les throfnes de la
terre. Mais arreftons-nous
aus feuls Empereurs de l'vne
& de l'autre Rome que nous
connoiffons le mieus, & qui
fuffiront pour nous faire voir
que la Roture ne doit point
eftre fi fort mefprifée, puis
qu'elle n'eft pas incompati-

ble auec la Souueraineté?
Pertinax paſſe dans l'Hiſtoire pour le fils d'vn Charbon-
nier. Iuſtin premier fut Por-
cher, Bouuier, & puis valet
d'vn Bucheron; Maurice No-
taire; Andriſque, le Pſeudo-
philippe, Foulon; & Philippe
ſucceſſeur de Gordien de tres-
bas lieu. Emilien vint d'vn
autre ſemblable endroit du
fonds de la Mauritanie. Le
pere de Probus eſtoit vn villageois d'Eſclauonie; celui de
Diocletien vn libertin de Sa-
lone aupres de Ragouſe. Il
n'y a rien de plus obſcur que
la naiſſance de Zenon Iſauri-
que. Sa femme Ariadne eſ-

leua cét Anastase qui n'estoit
pas plus noble , & que la diuersité des yeux fit nommer Dicoros. La mesme bassesse de lignée se remarque
en Theodose surnommé A-
tramirenus. Leon Iconoma-
que, sortir d'vne boutique
d'Isaure ; Michel le Begue
d'vn autre lieu encore plus
sordide. L'on ne reproche
pas seulement à Basile Mace-
donien sa captiuité origi-
nelle , l'on asseure qu'il ne
pût iamais dire ny ses parens,
ny sa patrie. Michel de Pa-
phlagonie esclaue estranger
& inconnu , monta sur le
throsne par la faueur de l'Im-

peratrice Zoa. Et elle fit vne
grace toute pareille à cét autre Michel qu'elle adopta, &
que le mestier paternel de
poisser ou de calfeutrer les
vaisseaus, fit appeller Cala-
phates. Voila, ce me sem-
ble, assez d'exemples, que ie
me suis contenté de rapporter succinctement, & mes-
mes auec confusion selon
qu'ils se sont presentez, pour
prouuer que le sang le plus
illustre n'a pas toussiours l'a-
uantage dans les affaires du
Monde, & que le bas Estat
de nos Peres, à le prendre au
pis, ne nous exclud pas touf-
jours des plus hautes Digni-
tez.

Que si nous nous voulons
ietter vn peu en suitte sur les
contemplations Philosophiques, ne serons nous pas con-
traints de reconnoistre auec
Platon vne esgalité d'origine, comme la tenans tous
de celui qu'on nommoit de
son tems le pere commun des
hommes & des Dieux? Et
pour peu que nous facions de
reflexion sur l'Eternité, n'en-
trerons-nous pas dans son
sentiment, qu'il n'y a point
de Roi qui ne puisse estre venu d'vn Esclaue, ny d'Esclaue qui ne soit peut-estre de-
scendu d'vn Souuerain? Ie
suis bien aise de me souuenir

en cét endroit des termes
dont se sert Mademoiselle de
Gournai, afin qu'elle sçache
qu'en la mettant icy au rang
des plus grands hommes de
l'antiquité, ie lui accorde
tres-volontiers le lieu auantageus que lui a donné son
pere d'alliance entre celles de
son sexe. Elle dit fort bien Aduis p. 247
sur le mesme sujet que nous
traittons, que sans doute *les*
Empereurs ont eu cent Bou-
uiers pour Grands Peres, les
Bouuiers cent Empereurs. Et
immediatement apres, *que*
la race noble, au mieus qu'on
en puisse dire, est celle de qui la
roture s'est dissippée à la longue.

l'ignoble, celle aussi de qui la
noblesse s'est enseuelie par la
mesme voie. En effect les principes de toutes choses sont
tousiours tres-petits, & il n'y
a presque point de si grand
fleuue, qui ne se puisse tra-
uerser d'vne enjambée, si on
le prend dés sa source. Le
Capitole fut couuert de pail-
le deuant que d'auoir cette
majesté qui le faisoit regarder comme le fief dominant
de toute la terre. Et de quelque costé que nous tour-
nions les yeux, nous n'y verrons point de grandes maisons qui n'ayent esté autrefois des cabanes de Bergers,
ny

ny de si petites chaumieres
où l'on ne puisse esleuer de
superbes Palais. Le sort des
hommes, que ie soufmets
tousiours à la Prouidence Diuine, n'est en rien different
pour ce regard, sur tout
quand on examine les cho-
ses vn peu *à la Platonica,* com-
me parlent les Italiens : *Si* Sen. Ep. 44.
quid aliud est in Philosophia
boni, hoc est, quod stemma
non respicit. Mais ie ne connois point de Philosophes
qui ayent à mon gré mieus
tourné cette pensée que les
Pythagoriciens dans Iam-
blyche. Ceus, disoient-ils, Protrept. ad
Pyth. c. 14.
qui s'amusent à prescher leur

R.

nobleſſe auec des vanitez
preſque inſupportables, mô-
ſtrent bien qu'ils ont la veuë
fort courte, de ne regarder
que ie ne ſçai combien de
leurs ayeuls, & de ne l'eſten-
dre que ſur quelques centai-
nes ou miliers d'années pour
le plus. Car s'ils l'auoient
aſſez forte & aſſez perçante
pour penetrer iuſques dans
l'immenſité de tous les ſiecles, l'eternité leur feroit aiſément reconnoiſtre qu'il n'y
a perſonne qui n'ait vn nombre infini d'anceſtres de toute ſorte de conditions, de
Monarques & d'Eſclaues, de
Grecs & de Barbares, & par

consequent qu'vn homme
ne sçauroit estre plus ridicule que de vouloir prendre de
l'auantage du costé de sa Ge-
nealogie. Ie me veus con-
tenter de ce raisonnement
philosophique, & me taire
de ceus qui ont tesmoigné
bien plus d'animosité contre
la Noblesse que les sectateurs
de Pythagore. Socrate maintenoit non seulement qu'elle
ny les Richesses, n'auoient
rien d'honneste en elles, ny
qu'on deust estimer; mais
qu'elles estoient mesmes la
source de toute sorte de
maus. Et Diogene nom- _{Diog Laёrt.}
moit, conformément à cela,

l'extraction glorieuſe, & tous
ces tiltres ſpecieus de naiſſance, des excuſes de mal-faire,
& des couuertures de crimes,
ασκοσμήκοτά γανίας.

Pour former maintenant
quelque reſolution ſur des
ſentimens ſi differens, & dont
ie ſçai bien que les derniers
mal pris vous ſeroient auſſi
preiudiciables qu'à perſonne,
ie penſe qu'on peut dire de la
Nobleſſe, ſelon noſtre premier propos, qu'elle eſt comme vne lumiere qui eſclaire
& fait paroiſtre dauantage le
bien & le mal de ceus qui la

Sall. de bello
Iugurth. poſſedent. *Maiorum gloria*
poſteris quaſi lumen eſt, neque

bona eorum, neque mala in occulto patitur. Vn noble vertueus a de grandes preroga-
tiues: L'honneur hereditaire
dans les Arts eſt bien plus illuſtre: Et celui qui emporte
le prix des ieus Olympiques
à beaucoup plus de gloire,
dit Philoſtrate, s'il eſt d'vne
maiſon deſia victorieuſe.

L. 2. de vi.
Soph. in
Hermocr.

Mais ſi vn noble eſt ſans vertu, ſes deffauts paroiſſent au
double; & ſon infamie croiſt
autant à proportion de ſon
rang, que de ſon vice. Quant
à la Roture elle a veritablement ſes diſgraces, qui n'em-
peſchent pas pourtant que
ceus qui en ſont incommo-

dez ne se puissent esleuer par
leurs propres merites, & se
rendre d'autant plus considerables qu'ils ont eu ce puissāt
obstacle à leur auancement.
Il n'y a point de personne
raisonnable qui ne doiue preferer vne gloire que la vertu
fait naistre, à celle qui finit
par le vice;

Ouid. 1. de
Ponto el. 10.

    Si modo non census nec cla-
    rum nomen auorum,
    Sed probitas magnos inge-
    niumque facit.

C'est pourquoi chacun se
doit accommoder douce-
ment à sa condition, pour
se preualoir, s'il est noble,
des auantages que lui peut

donner sa naissance ; & s'il est
autre , pour surmonter glo-
rieusement toutes les diffi-
cultez que la Fortune lui a-
uoit preparées en venant au
monde du costé de ses parens.
Les Romains auoient sans
doute la mesme pensée lors
qu'ils erigerent des autels à
cette Diuinité qu'ils nommoient *Fortunam Primige-*
niam, afin de se souuenir toûjours par son assistance de l'e-
stat auquel ils estoient venus
sur terre, & de la qualité dont
en naissant ils auoient herité
de leurs Majeurs, pour nous
seruir de leur propre terme.
  Cela presupposé de la sor-

Dion. Caf-
sius l. 4 1 ;

R iiij

te, nous adjousterons qu'à la
verité, generalement par-
lant, la Noblesse nous porte
à vne ciuilité de mœurs qui
s'est toussiours fait remarquer, & qui paroist sur tout
lors qu'on l'oppose aus rudes
façons de faire d'vn peuple
grossier. Car on voit presque en tous lieus ce que Gon-
domar disoit il y a peu de
tems de l'Angleterre, que le
son y estoit veritablement
tres-grossier, voulant parler
des menuës gens; mais qu'en
recompense la farine s'y trouuoit fort deliée, pour dire que
les Grands y estoient aussi
courtois & aussi accomplis

qu'on euſt peu le deſirer.
L'importance eſt qu'à conſiderer la Nobleſſe de cette façon, elle ne comprent pas ſeu-
lemét celle d'extraction; l'autre qui vient de la vertu d'vn
chacun, & qui n'eſt pas plus
ancienne que nous, puis que
nous en ſommes les artiſans,
s'y trouue auſſi enuelopée.
Or tout ce diſcours n'eſtant
fait que pour la precedente,
puis que ce ſont les compor-
temens de Damaſippe rem-
plis d'vne vanité ridicule, qui
nous l'ont fait entreprendre,
il la faut ſeparer de celle qui
eſt touſiours humble, & qui
ſera ſans doute la premiere à

condamner la sotte presomption d'vn semblable Thrason. Quoi? qu'vn homme comme lui auroit droit de gourmander tous ceus de vostre condition, sous le pretexte qu'il se mesle de manier des cheuaus, de reclamer vn oiseau, de parler à des chiens, de battre le paisan, de ne payer point ses debtes, & sur tout de ne sçauoir point de Latin. Vraiment ie ne m'estonne plus si les Centaures des Poëtes, qui nous representét de tels Caualiers, estoient fils de Nephele, ou d'vne Nuë, ni de cette façon de parler prouerbiale des anciens, *mens-*

non ineſt Centaurus. Ie ſçai bien
qu'il n'eſt pas poſſible d'empeſcher qu'il ne ſe trouue de
ſemblables frelons parmi les
abeilles ; & que la Politique
meſmes ſouſtiét qu'ils ne ſont
pas inutiles dans vn Eſtat mo-
narchique, parce que les ſail-
lies des inferieurs lors qu'ils
s'eſchapent, s'emouſſent contre la fierté de ceus-là , qui
ont cóme vne barriere entre
es petits & la majeſté du Souuerain. Mais cela ne m'empeſchera pas d'eſtre au moins
de l'auis de quelques vns, qui
les comparent aus Baliueaus,
dont le trop grand nombre
gaſte les taillis, de meſme que

la multitude des insolens de
qui nous nous plaignons afflige beaucoup de Prouinces. A
cause qu'ils se disent estre issus
d'vne race plus ancienne que
la Lune; aussi bien qu'autrefois ceus d'Arcadie; ou qu'ils
protestét que rien ne les empesche de monstrer comme
ils sont de meilleure tige que
Codrus, ni que tous les *Hidal-
ques* des Pyrenées, sinó que les
tiltres de leur noblesse furent
submergez dés le tems du de-
luge; il semble que le reste des
hommes ne soient faits que
pour ploier sous eus. Ne vous
souuient-il pas d'auoir veu
dans Suetone, que Marc An-

toine reprochoit l'extraction
à celuy qui a fait nommer
Augustes tous les Empe-
reurs, parce qu'il n'y trouuoit
pas assez de pureté de sang,
ny de vraie Noblesse. Et n'a-
uez-vous pas pris plaisir de
lire autrefois dans quelque
suitte de la Celestine, qu'vn
de ces Matamores iugeoit
que la maison d'Autriche
eust peu pretendre d'estre la
plus illustre de la terre, sans
ce deffaut de n'estre pas sor-
tie des montagnes de Leon.
Tenez pour asseuré que vous
auez eu à faire à vne personne
de pareille trempe d'esprit,
qui seroit bien faschée de ce-

der en impertinence à qui
que ce fuſt. Et ſi les coniectures de l'auenir peuuent
contribuer quelque choſe à
voſtre ſatisfaction, receuez
de moi pour concluſion cette Prophetie, que voſtre
homme eſt ſelon toutes les
regles de Morale pour ſeruir
vn iour d'exemple nouueau
au dernier chapitre du liure
de Boccace des nobles mal-
heureus.

DES
OFFENCES.
ET INIVRES.

 L y a peu de per-
sonnes qui soient
tout à bon de l'auis
de Platon & d'Ari-
stote, que comme il est plus
auantageus d'obliger que d'e-
stre obligé, il vaille mieus au
contraire receuoir vne iniure que de la faire. Et il s'en
trouue encore moins qui aiét

cette fermeté dont parle Seneque, laquelle empesche de
reſſentir les offences, & par
conſequent de s'en venger;
de meſme qu'il y a des corps
ſi ſolides qu'ils renuoient la
fleche ou le boulet ſans eſtre
tant ſoit peu penetrez.   Si
faut-il auoüer qu'on ne ſçauroit voir de plus beau ſpecta-
cle ici bas, que ce Sage des
Philoſophes, qui reçoit tous
les coups qu'on lui porte ainſi
qu'vn eſcueil toutes les tem-
peſtes ſans eſtre eſbranſlé; &
qui pareil à vn Lion genereus
meſpriſe les violances qui lui
ſont faites, comme celui-là
le cry des chiens ſans ſe retourner,

tourner, & fans tefmoigner
la moindre efmotion. En
effect ie tiens qu'il eft plus
auantageus, parce qu'il eft
plus honorable, de receuoir
des outrages qui ne font nulle impreffion fur nous, que de
n'en receuoir point du tout.
Nous ne pouuons faire paroiftre noftre force, que contre
celle qui nous eft faite inutilement. Et nous ne donnons
iamais la gloire d'eftre inuul-
nerable à ce qu'on ne frappe
pas, mais bien à ce qui ne peut
eftre entamé ni offencé de
quelque cofté dont il foit at-
teint. Or parce qu'il n'y a gueres de preceptes de Philofo=

S

phie qui foient fi difficiles a
obferuer, que ceux qui non
contens de moderer le reffen-
timent des iniures, en fuppri-
mét prefque iufques aus premiers mouuemens, mon opi-
nion eft qu'on ne fçauroit y
faire trop de reflection pour
fe les mieus imprimer, & s'en
rendre l'vfage familier, puis
que l'occafió de les pratiquer
fe prefente à toutes les heures
du iour. Et d'autant que plufieurs font dans cette preuen-
tion d'efprit qu'il n'eft pas
poffible d'y fatisfaire, & que
la Morale a beaucoup de belles imaginations pour ce regard, que nous efpererions en

vain de realiser, ie commen-
cerai ce que ie me veus ici
donner de leçon à moi-mef-
me, par les exemples qui nous
peuuent animer le courage
au noble mefpris des offences, & nous iuftifier que le
Portique mefmes n'a rien eu
en cela de fi difficile, dont vn
homme de vertu ne puiffe
venir à bout.

Nous ferions tort à Socrate fi en matiere de mœurs
nous ne lui accordions le premier lieu, veu mefmement
qu'à l'efgard de noftre fujet,
tous ceus qui ont parlé de ce
grand perfonnage ont obfer- Arria. l. 2. c.
ué, qu'il n'auoit point de qua- 12.

S ij

lité si propre ni si particuliere, que celle qui le rendoit impassible aus iniures. Ie ne veus point considerer ce qu'il endura de sa femme, ni auec quelle serenité d'esprit il oüit reciter les comedies d'Aristophane, qui ne le diffamoient que pour le perdre. Voions par vn ou deus autres exemples, quelle pouuoit estre la constitution de son ame a souffrir les outrages qui surprennent dauantage, & qui sont les plus extremes. Ayant receu vn coup de pied de quelqu'vn, tous ceus, dit Diogene dans sa vie, qui virent l'insolence de l'action demeu-

rerent rauis de fa patience, &
de ce qu'il protefta qu'il n'en
eftoit pas plus efmeu, que fi
vn cheual ou vn afne l'euffent
traité par mal-heur de la mef-
me façon. Mais on lui bail- L.3.de ira. c.
la vn foufflet vne autrefois,où II.
Seneque nous apprent qu'il
fit bien paroiftre le pouuoir
abfolu de fa raifon fur tous
les troubles que peut exciter
la partie irafcible. A peine
euft-il efté frappé, qu'au lieu
de refmoigner de l'aigreur
contre celuy qui l'excedoit,
c'eft vne chofe fort fafcheufe,
dit-il en riant, que les hommes ne puiffent fçauoir quãd
il feroit à propos pour eus de

fortir du logis auec vn habil-
lement de tefte. Certes nous
pouuons affeurer deus chofes là deffus, que Socrate s'e-
ftoit mis en quelque façon au
deffus de l'humanité quand
il parloit ainfi, & que ce miferable qui eut le courage
de le toucher fi barbare-
ment, l'auoit tout à fait def-
poüillée. Ie n'ignore pas
qu'on attribuë vne femblable
repartie à Diogene, & que
Sene que fait auffi receuoir

L. 1. de tranq.
c. 14.

vn foufflet à Caton, qui reconnut auoir bien fenti le
coup, mais non pas l'iniure,
de forte qu'il n'y auoit point
de pardon à demander non

plus qu'à donner pour cela.
Ce font des preuues redou-
blées dont la conformité fert
à noftre theme, & que i'eften-
drois dauantage fi ie ne trou-
uois plus à propos de paffer à
d'autres exemples. On efcrit
de Crates que pour s'accou-
ftumer à la fouffrance des
mauuaifes paroles, il en difoit
lui-mefme à des femmes fol-
les & defbauchées, qui lui en
renuoyoiét des barques plei-
nes, ou des chariots chargez,
pour vfer des metaphores
d'Homere & de Lucien. Mais Ilia. *v.*
ce que pratiqua le mefmePhi- In Eun.
lofophe ayant efté bleffé au
vifage me femble beaucoup

plus confiderable . Il fe contenta pour toute fatisfaction
de mettre fur fa playe vn ef-
criteau pareil à celui des Peintres, de la main d'vn tel, *Ni-*
codromus faciebat . Qui a-il
de plus iniurieus que de cracher au vifage ? Diogene le
Stoïcien difcourant en public, vn ieune homme fut affez infolent pour lui lancer
vn crachat qui lui couurit
toute la face, & pource que

Sen.l 3. de ira, Diogene eftoit lors fur le dif-
§. 28. cours de la colere, ie m'empefcheray bien, dit il, de me faf-
cher pour cela , encore que ie
doute fort s'il ne feroit point
à propos de le faire. Celui qui

le rapporte ainſi, trouue que
Caton digera plus genereuſe-
ment encore vn ſemblable
affront, pour le moins y a-t'il
plus de pointe dans ſa repartie. En plaidant vne cauſe où
il pronôçoit ſans doute quelque choſe qui ne plaiſoit pas
à Lentulus, ce temeraire eut
l'effronterie de lui cracher au
nez. Caton ſans s'eſmouuoir
dauantage lui dit en s'eſſuyât,
ie témoignerai par tout, Lentulus, que ceus-là ſe meſcon-
tent grandement qui aſſeu-
rent que vous n'auez ni bouche ni eſperon. Ses propres
termes m'obligent d'vſer de
cette façon de parler Fran-

çoife qui approche du La-
tin dont il fe feruit, encore
qu'elle ait la fignification
differente, & qui ne touche
point l'impudéce de l'action;
parce que la traduction mot
pour mot n'auroit point de
grace, *affirmabo omnibus,*
Lentule, falli eos qui te negant
os habere. Cette faillie fi
eftrange en pleine audience,
& deuant des Iuges, me fait
fouuenir de ce qu'à efcrit Ariftote d'vn Satyrus Clazome-
nien, à qui l'on fut contraint
de boucher les oreilles cependant qu'on plaidoit contre
lui, parce qu'il eftoit impoffible qu'il ne repartiſt auec

Probl. fect. j.
qu. 27.

mille iniures , bien qu'il ne
laiſſa pas enfin de le faire, d'autant qu'on lui rendit l'oüie vn
peu trop toſt. Il ne faut pas
oublier la moderation d'Ari-
ſtide dans vn cas tout pareil
aus precedens , dont neantmoins Plutarche ni Corne-
lius Nepos qui ont eſcrit ſa
vie , ne font aucune men-
tion. Seneque ſeul teſmoigne que comme on menoit
au ſupplice , c'eſt ainſi qu'il
parle , cette image viuante
de la Iuſtice , vn infame marault vſa de la meſme indi-
gnité en ſon endroit que
nous venons de repreſenter
en parlant de Diogene & de

Caton. Ariftide fe tournant
lors vers le Magiftrat qui l'af-
fiftoit, aduertiffez, lui fit-il en
foufriant, cét honnefte homme, qu'il efternue vne autrefois plus ciuilement & de
meilleure façon , *admone*
iftum ne poftea tam improbe of-
citet ; il me femble qu'en bail-
lant on n'a pas accouftumé
d'incommoder perfonne de
la faliue , comme il arriue
par fois en efternuant , ce
qui me rend encore icy mauuais traducteur des dictions,
n'en trouuant point des no-
ftres où le jeu qui eft en celle
de *ofciter*, fe rencontre.
Mais parce qu'il arriue bien

plus ordinairemét qu'on tas-
che de nous offencer par de
mauuais propos, que par des
actions si violentes, & que
d'ailleurs l'injure de la langue
ne pique pas moins quelquefois les hommes de grand
cœur, que celle de la main,
voyons auec quel mespris,
des Rois mesmes de la plus
haute consideration, ont fait
gloire d'entendre de fascheu-
ses paroles. L'ancienne Histoire n'a rien de plus remarquable là dessus, que ce qui
se passa entre Philippe de Macedoine & les Ambassadeurs
des Atheniens. Dans l'au-
diance qu'ils eurent de lui il

leur tinſt entr'autres propos
obligeans celui-cy, dites moi
ie vous prie ſi ie puis faire
quelque choſe qui doiue
eſtre agreable aus Atheniens.
L'vn des Ambaſſadeurs nommé Demochares reſpondit
ſur le champ, oüy en vous
mettant vne corde au col.
Philippe fit taire tous ceus
qui murmuroient contre cét
impudent, lequel ſans doute
meritoit mieus le nom de
Therſite, que celui de Par-
rheſiaſte que ſa mauuaiſe langue lui acquit; & ſe contenta, le renuoyant ſans violer
en ſa perſonne le droiƌt des
Gens, de dire à ſes collegues

Sen. l. 5. de
Ira c. 23.

qu'il laiſſoit aus Atheniens à
iuger, qui eſtoient les plus
ſuperbes & les plus inſupportables de ceus qui vſoient de
telles reparties, ou de ceus
qui les enduroient patiemment. I'ai fait voir ailleurs
qu'vn autre Philippe d'Eſpagne ne fut pas moins mode-
ré du tems de nos Peres, à
l'endroit d'vn Docteur qui
auoit meſdit publiquement
de lui à l'occaſion de quelque
nouuelle impoſition, le faiſant mettre en liberté apres
qu'il eut reconnu n'auoir iamais receu aucun deſplaiſir
de ſa Majeſté, par cette fauorable raiſon pour le criminel,

Inſtr. de M.
le Dauph p.
55.

Cabrera.l.10
Hiſt. c. 17.

qu'à moins que d'estre fou
l'on ne se porte pas à outrager de paroles ceus de qui lon
n'a iamais esté offencé. Ce
fut le mesme Philippe second
qui augmenta genereusemét
les gages des Docteurs de
Conymbre, au lieu d'abolir
leur Vniuersité, côme beaucoup le lui conseilloient, à
cause des animositez estranges qu'ils auoient fait paroi-
strecontre lui, dans des escrits
composez exprés pour le rendre odieus deuant sa conque-
ste du Portugal. Mais il n'y
a point eu de Princes qui se
soient rendus plus admirables que les nostres par cette
forte

Thuan.l 73.

forte de clemence ; & d'autant que les exemples en font
infinis, ie me reduirai a deus
qui ne font ni fi anciens qu'on
en puiffe douter ; ni fi recens
qu'ils doiuent eftre fufpeçts
de flatterie. Pour les partager entre l'vn & l'autre fexe,
le premier fera d'vn Roi, &
le fecond d'vne Reine. L'in-
folence fut telle dans Paris
fous Louis douziefme, qu'il
fut ioüé en plein theatre, &
reprefenté comme vn infa-
me auaricieus qui beuuoit
dans vn grand vafe plein d'or
fans fe pouuoir raffafier. Chacun penfoit que le Roi s'en
reffentiroit, qui n'en fit nean-

T

moins que rire, & loüa mesmes l'inuention de celui qui
eſtoit autheur de la Farce.
Catherine de Medicis enten-
dit de ſes propres oreilles des
Goujats qui la diffamoient ſi
eſtrangement, que ſon honneur ne pouuoit pas eſtre plus
mal-traitté. Vn grand Cardinal à qui pour lors elle parloit à vne feneſtre, lui dit
qu'il alloit donner ordre que
ces coquins fuſſent pendus
tout ſur l'heure. Elle l'empeſcha, & ce lui fut aſſez de
leur crier qu'ils allaſſent meſ-
dire plus loin de celle qui
leur permettoit de faire ro-
ſtir l'Oye, & de la manger

tout à leur aife. Sans mentir
c'eſt auoir vne moderation
d'eſprit d'autant plus remarquable , que la pluſpart de
ceus que la Fortune a eſleuez
à vn ſi hault poinct, ſe laiſſent aiſément tranſporter à
la cholere, & ont exercé ſouuent de grandes vengeances
pour de moindres ſujets, la
meſure de leur pouuoir eſtāt
preſque touſiours celle de
leurs paſſions. Le mot de
chevre rendoit criminel celui qui le prononçoit ſous
Caligula, parce qu'il eſtoit
chauue. Hermias qu'on re-
preſente d'ailleurs pour vn
Prince plein de bonté, ne

T ij

pouuoit souffrir que personne parlast de cousteau ny de
section, s'imaginant que cela le regardoit comme Eu-
nuche. Et le pere d'Alexandre, de qui nous venons de
priser si fort la retenuë, ne
laissoit pas de tesmoigner du
despit contre ceus qui ve-
noient à discourir de la veué,
& sur tout des Cyclopes, depuis qu'il eut perdu l'vn de
ses yeux. Quoi qu'il en soit,
nous apprenons du Texte sacré, qu'Elisée arriuant à Bé-
thel, ville de Samarie, mau-
dit vne trouppe d'enfans qui
l'appelloient chauue auec de-
rision, dont il y en eut qua-

L. 4. Reg.
c. 2.

rante-deus, qui furent mis en
pieces par deus Ours en con-
sequence de cette maledi-
ction. Ce fut en apparence
vne grande punition pour la
faute, & neantmoins, sans
prendre le Ciel à garand dont
on ne sçauroit trop respecter
les iugemens, on a veu des
vengeances plus grandes encore, parce qu'elles se sont
estenduës iusques sur des
peuples innocens, & des Prouinces entieres, pour des paroles mal dites, & des iniures dont on se vouloit ressentir. Polybe nous descouure L. 4. Hist.
que tout le fondement de
cette grande guerre que les

Grecs nommerét sociale, fut
l'iniure dite par Sciron Ephore des Messeniens à Dorimachus Capitaine des Etoliens.
Celui-cy prit si à cœur le
nom que l'autre lui donna
d'vn marault appellé Babyrta auquel il ressembloit, que
pour s'en venger il excita
cette grande tempeste dont
toute la Grece se trouua enfin agitée. L'Imperatrice
Sophie femme de Iustin second, ayant escrit à l'Eunuche Narses qu'il se meslast de
la quenoüille, il fut si outré
de ce reproche, & en conçeut vne telle indignation,
qu'à l'aide des mesmes Da-

nois ou Lombards dont il
s'eſtoit ſerui contre les Gots,
& qu'il fit paſſer de Hongrie
en Italie, il la mit toute en
proie à ces peuples Barbares.
En effect ils l'occuperét trois
ans apres au nombre de deus
cens mille ſous leur Roi Al-
boinus, & la poſſederent deus
cens quatre ans en ſuitte.
Qui ne ſçait que la pluſpart
des guerres de noſtre Roi
Loüis onzieſme n'eurét point
d'autre origine que des paroles de meſpris qui furent
dites de part & d'autre entre
les François & les Eſpagnols,
apres des conferences où la
ſimplicité de ſes habits le

T iiij

pensa rédre ridicule. Or tous
ces mauuais effects que des
propos injurieux ont souuent
causé dans le monde, nous
monstrent d'vn costé com-
bien on doit estre soigneus de
les esuiter; & nous font voir
de l'autre la grandeur du Genie de ceus qui ont tenu non
seulement pour vne vertu
Roialle d'endurer vne offen-
ce sans ressentiment, & d'e-
stre diffamé en bien faisant,

Arria. l. 4. selon le dire d'Antisthene à
c. 5. Cyrus; mais qui ont creu
mesmes qu'il y auoit quelque
chose de diuin à le prattiquer
de la sorte, puis que Dieu
souffre bien l'impieté de ceus

qui crachent contre le Ciel,
& qui osent mesdire de sa
toute-puissance, *etiam Deos* T. Liue. dec.
5. l. 5.
aliqui verbis ferocioribus in-
crepant, nec ob id quemquam
fulmine ictum audimus. Il
fault que ie dise encore vn
mot ici de la clemence des
Souuerains en de semblables
rencontres, non pas tant pour
la leur recommander, qu'à
cause que les hommes de
condition mediocre doiuent
auoir honte, ce me semble,
de songer à la vengeance, &
de prendre tellement à cœur
les iniures qui leur sont faites, si ceus là ont eu assez
de pouuoir sur eus pour les

negliger. Suetone nous en
asseure à l'esgard de Cesar,

Art. 75.

*Auli Cæcinnæ criminosissimo
libro, & Pitholai carminibus
maledicentissimis laceratã exi-
stimationem suam, ciuili ani-
mo tulit.* Il nous fait voir le
reste d'vne lettre d'Auguste à

In Oct. art.
51.

Tibere, par laquelle le premier enioint à son successeur
de ne faire nul conte de ceus
qui parloient mal d'eus, pourueu qu'ils ne leur fissent point
de mal. Et il nous rapporte
cette belle sentence du mesme Tibere, que dans vne ville

In Tib art.
28.

libre comme estoit celle de
Rome, l'esprit & la langue
des hommes y deuoient iouïr

d'vne entiere liberté. Mais
afin de n'eftre pas obligé à
nommer prefque tous ceus
qui fuiuent ces trois premiers
Empereurs, arreftons-nous
à l'excellente refcription de
trois autres, Theodofe, Arca-
dius, & Honorius, qui porte
qu'au cas que quelqu'vn euft
mefdit de leurs Majeftez, ou
de leur Gouuernement, ils
veulent qu'on mefprife fa
faute s'il l'a commife par le-
gereté, qu'on en ait pitié fi
ç'a efté par folie, & qu'on le
renuoie mefmes fans lui faire autre mal, encore que fon
intention ait efté de les iniu-
rier, fe referuant à eus feuls

Cod. l. 9.
tit. 7.

en ce cas là le pouuoir d'examiner par les circonstances
du faict s'il est punissable ou
non.

Nostre principal dessein
estant de profiter aus particuliers & à nous mesmes par
nos petites Meditations, ie
quitterai ces grands exemples pour venir aus raisons
qui peuuent obliger toute
sorte de personnes au mespris des iniures. Theophra-
ste enseignoit à guerir la mor-
sure des Viperes par le son des
flustes: Trouuons le remede
aus offences de l'ame dans
l'harmonie du discours, & faisons de nos raisonnemens vn

lenitif contre ce que l'iniure
peut auoir de plus poignant
& de plus douloureus.

Si i'ai receu vn outrage, il
faut necessairement que ce
soit de celui que ie tenois ou
pour mon ami, ou pour mon
ennemi, ou pour indifferent.
Au premier cas, les lois de
l'amitié m'obligent à croire
de mon ami qu'il a fait ce
qu'il ne vouloit pas faire, &
cela le rend excusable. Au
second, ie n'ay pas sujet de
me pleindre; pourquoi eusse-
je attendu vn autre traitte-
ment de mon ennemi? il n'en
a vsé que comme il deuoit.
Que si i'ai esté attaqué par vn

homme indifferent, ie dois
auoir aussi pour indifferent
tout ce qui vient de sa part.
N'ayant nulle habitude auecque lui, i'empescherai bien
qu'il prenne cét auantage sur
moi de me pouuoir fascher
quand bon lui semblera. Celui qui dit à l'Escossois qu'On
se moquoit de lui, eut pour
response, & moi ie me mo-
que d'On. Certes sa pensee
fut tres-bonne, nonobstant la
barbarie de son langage.

Considerons d'ailleurs, que
nostre ressentiment ne peut
aller que contre vne personne ou plus foible, ou plus
puissante que nous. Si elle

est plus foible aions-en pitié,
& donnons à l'humanité ce
que nous voudrions qu'on
nous accordast en sa confide-
ration. Si ses forces sont plus
grandes que les nostres, aions
pitié de nous-mesmes, ou-
blions ce dont nous ne sçaurions nous souuenir qu'à nostre ruine, & soions miseri-
cordieus au moins par nostre
propre interest.

Peut-estre que c'est la premiere fois que nous auons
esté offencez de celui de qui
nous nous plaignons. Re-
mettons lui donc vne faulte
qu'il n'auoit point encore
faitte, & que vraisemblable-

mét il ne commettra iamais.
Que si nous auons desia souf-
fert plusieurs fois la mesme
chose, endurons encore celle
cy comme les autres; nous
y aurons moins de peine y
estant desia tout accoustu-
mez; ne perdons pas le fruict
de nostre patience passee; &
faisons que nostre bôté l'emporte à la longue sur vne malice perseuerante.

Mais i'ai crainte que cette
mesme patience ne me soit
preiudiciable, & qu'elle ne
face tort à mon innocence.
Comme s'il y en auoit quelqu'vne qui peust esuiter les
dents de la mesdisance? Et
comme

comme si la calomnie qui n'a
pas espargné les Socrates, les
Catons, ni le fils de Dieu
mesmes, deuoit vser de respect en nostre endroit ? Ne
laissons pas d'estre vertueus
quelque inconueniét qui s'y
trouue ; c'est fermer la porte
aux bonnes actions de les
examiner de la sorte.

Quoi, faut-il donc per-
mettre que les meschans parlent mal de nous impuné-
ment ? En leur donnant cette
qualité, nous disons ce qui les
doit faire mespriser. Si des
gens de bien pouuoient tenir
les mesmes discours, il seroit
plus raisonnable de les pren-

V

dre à cœur & de s'en esmou-
uoir. Pour ceus qui ne sçauroient rien dire de bien , ce
n'est pas merueille s'il ne sort
que du mal & des ordures de
leur bouche. Nous suppor-
tons bien les mauuais propos
d'vn fieureus, & d'vn phrene-
tique ? pourquoi non ceus
d'vn malicieus, si la malice a
ses accez & ses desreglemens
aussi naturels que la fievre &
la phrenesie ? Et puis que
nous aurions honte de nous
offencer contre vn chien qui
abaie , ou contre vn' cheual
qui rue, ne serons nous pas
ridicules si nous tesmoignós
du ressentiment de ce que dit

vne perſonne ſans raiſon, &
qui ſuit l'impetuoſité de ſa
nature comme l'vn ou l'autre
de ces animaux ? *Quam ini-* Sen. l. ʒ. de
ira c. 27.
quus es, apud quem hominem
eſſe ad impetrandam veniam
nocet. A ce conte c'eſt vn
grand deſauantage ſouuent,
d'auoir le charactere ou la figure d'vn homme, puis qu'elle nous empeſche d'eſtre auſſi
fauorablement traittez que
les beſtes, vers qui nous vſons
de beaucoup plus d'indul-
gence.

En tout cas voions vn peu
quelle eſt l'iniure qui nous
trãſporte ſi fort, & que nous
trouuons ſi difficile à dige-

V ij

rer. S'il n'est question que de
quelques paroles mal dites,
ie m'estonne qu'vne chose si
legere produise de si estranges effects. Prenons y garde
nous serons estonnez que ce
qui nous pique icy comme
iniurieus, passe pour indifferent, ou mesmes pour honorable chez nos voisins, qui
s'offencent d'autres termes
dont nous ne nous ferions
que rire. Le mot de Garce
se prent en bonne part dans
tout le Languedoc: Celui de
Coyon est vn surnom hono-
rable dans Bergame: Et ceus
de la maison des Gueuares se
glorifient d'estre nommez

Mariana l.$.
c. 4.

Larrons. Nous faisons cas
du tiltre de Baron, il signifie
en vieus Gaulois vn homme
de neant, & qui est sorti de
fort bas lieu. Les Strabons,
les Scaures, ni les Labeons
n'eussent pas voulu estre autrement appellez parmi les
Romains, quoi que leurs
noms fussent des sobriquets
qui feroiét auiourd'hui mettre la main à l'espée à beaucoup de personnes. Il n'y a
donc que l'opinion, & nostre
pure fantaisie, qui nous facét
trouuer mauuaises des paroles dont on n'est blessé qu'en
vn certain lieu, & durant vn
tems seulement, comme si

elles eſtoient de la nature de
ces maladies qu'on nomme
chroniques & periodiques,
parce qu'on n'en reſſent le
mauuais effect que de tems
en tems, & par des ſaiſons qui
les rendent plus perilleuſes
qu'elles ne ſont de leur propre nature.

En verité c'eſt vne choſe
eſträge, que nous nous offen-
cions des meſmes diſcours
que nous ſommes bien aiſes
de tenir aus autres ; & que
nous nous formaliſions de
certaines actions de ceus qui
conuerſent auecque nous,
dont nous voulons bien vſer
en leur endroit. Chacun taſ-

che de faire le Roi ; & dans
vne códition mediocre tout
le monde s'attribuë des paſſe-
droits de Souuerain, & des li-
cences tyranniques, de dire
& faire à autrui ce que perſonne ne veult endurer de
ſon eſgal, ni ſouuent encòre
de ſon Superieur.

Combien de fois nous ar-
riue-t'il de nous plaindre mal
à propos de ceus qui n'ont eu
nulle intention de nous meſ-
contenter, & qui ſont par
conſequent fort loin d'auoir
failli. Iuba, le meſme peut-
eſtre que Ceſar auoit mené
en triomphe, & qui pour
eſtre fils de Roi ne laiſſa pas

d'estre vn des plus excellens Escriuains de son siecle ; se promenât à cheual par la ville de Rome, couurit de boüe par vne mauuaise desmarche de son cheual quelqu'vn qui l'en voulut quereller. Et quoi, lui dit-il, me prenez vous pour vn Hippocentaure. Il eut certes raison. Les faultes de sa monture ne lui pouuoiêt pas estre imputées sans iniustice. Il n'y a que le dessein qui face l'iniure. Et nous ne sommes pas moins iniques tous les iours que celui à qui il eut affaire, quâd nous prenons à partie des personnes qui n'ont nulle mauuaise

Quintil. l. 6. inftit, c. 3.

volonté pour nous , & qui
n'ont penſé à rien moins qu'à
nous deſobliger.

Suppoſons neanmoins qu'-
on nous ait parlé en de tres-
mauuais termes, & auec vne
intêtion encore pire de nous
deſplaire. Donnerons nous
ce pouuoir ſur nous au premier venu, de troubler noſtre repos autant de fois que
l'humeur lui prendra de l'entreprendre ? Pour moy ie
m'empeſcherai bien d'y con-
ſentir. Si quelqu'vn a deſſein
de me faire vne iniure, il n'eſt
pas en ſon pouuoir d'en venir à bout ſi ie n'y conſens.
Il a beſoin de moi pour exe-

cuter son intention. Et de
quoi lui suis-ie redeuable,
pour obeir à toutes ses volontez? Tant s'en faut, ie veus
estre Stoicien pour ce regard ; *nemo læditur nisi à se-*
ipso ; on ne sçauroit rien faire
en cela sans mon approba-
tion ; & quelque enuie qu'on
ait de m'outrager, ie n'endu-
rerai point d'outrage si ie n'y
donne les mains, & si ie ne
m'ouure le sein à moi-mesme pour receuoir le coup.

Sen. l de vita
beat. c. 26.

Nullam mihi iniuriam facitis,
sicut ne Diis quidem hi qui aras
euertunt. Sic vestras halluci-
nationes fero ; quemadmodum
Iupiter optimus maximus in-

eptias Poëtarum. Car pour
ce qui eſt des termes iniurieus, qui m'empeſchera de
les prendre comme Hercule
ceus des Lindiens; comme les
femmes qui ſacrifioient à Ce-
res Eleuſine ceus qu'elles s'é-
tredifoient ; ou comme les
Egyptiens à la creüe du Nil
les rudes mots dont ils atta-
quoient les Eſtrangers, par
vne eſpece de diuertiſſement
qui ſe prattique encore auiourd'hui ſur beaucoup d'autres riuieres. Il y a des iniures, dit-on, qui tournent à
proffit, & des maledictions
qui engraiſſent. Le Cumin
deuient plus beau lors qu'il

eſt ſemé auec execration. Et
le Baſilic ne croiſt iamais
mieus, à ce que Pline aſſeure,
que quand on charge ſa graine d'imprecations en la mettant en terre. Ce n'eſt pas ſi-
gne que de mauuaiſes paroles puiſſent faire grand mal,
ſi elles ſont meſmes par fois
proffitables. Gardons nous
donc bié de nous eſmouuoir
par trop pour vne choſe de ſi
petite conſideration, qu'on
la peut mettre au rang des indifferentes.

Vn tel a deſchiré mon honneur, & a fait en toutes façós
ce qu'il a peu pour nuire à ma
renommée. Ie ne m'en eſton-

L. 9 Nat.
hiſt. c. 7.

ne pas, il ſuit en cela ſimple-
ment ſa nature, il luy eſt impoſſible d'en vſer autrement.
De meſme qu'on voit des
poiſſons qui ont des dents ſur
la langue, il ſe trouue des
hommes qui ne remuent la
leur que pour mordre. Elle
porte le feu & la flamme par
tout, comme la queuë des
Renards de Samſon. Et au
lieu que l'Ours polit & ani-
me de la ſienne en lechant,
celle-cy diffame & tuë tout
ce qu'elle touche. L'on a eſcrit de la Nation des Pſylles
qu'ils guariſſoient en attirãt
le venin dans leurs bouches.
Ceüs dont nous parlons ſont

Ariſt. l. 2. de
hiſt an. c 13.
& l. de part.
an. c.1.

tout au contraire, il fort du poifon de la leur, qui ne pouffe fon haleine fur rien qu'elle n'infecte. Ce font des Afpics qui portent la mort fur les leures. Ils font gloire de ne laiffer aucune reputation entiere. Et n'en trouuant pas affez fur terre à qui fe prendre, ils attaquent mefmes celle des Bienheureus.

Phædrus l. 4.

Et vt putentur fapere cœlum vituperant.

Prou. c. 16.

Mais prenons vn peu de patience. Salomon nous apprent que l'Oifeau ne reuiét pas plus naturellement dans fon nid, que la mefdifance retourne fur ceus de qui elle

procede. Et la Belette d'E-
fope qui fe coupe la langue à
force de ronger la lime du
Serrurier, nous fait leçon de
ce qui arriue prefque toûjours aus calomniateurs, qui
reçoiuent enfin fur eus-mefmes toute la diffamation
dont ils ont voulu couurir
les autres.

Ie fçai bien que la mefdifance fait par fois perdre le
cœur aus plus fages, felon les
termes du Predicateur He- Ecclefiaftes
breu, qui la iuge pire que cap. 7 & 4.
l'Enfer, & qui donne à caufe c. 28.
d'elle de l'auantage à ceus qui
ne font plus, fur tous les vi-
uans. Les Romains la nom-

merent detraction , comme
celle qui nous defrobe autant
qu'elle peut la chofe du monde que nous deuons tenir la
plus precieufe , qui eft l'honneur. Et neantmoins tous
fes efforts feront vains fi i'ay
affez de generofité pour les
mefprifer. Marc Antonin
compare fort bien l'homme
vertueus à vne agreable fontaine, dont on a beau troubler l'eau & la foüiller d'ordures, elle ne laiffe pas d'en ietter toufiours de claire, & qui
retient toute la pureté de fa
fource. Qu'on me diffame,
& qu'on decredite mes actiós
tant qu'on voudra,fi i'ai l'ame
dans

L. 8. de vita
fua.

dans l'affiette ou ie la fouhait-
te Ie n'en ferai iamais que de
bonnes, & qui malgré l'enuie
feront fans reproche. Ie puis
mefmes proffiter de la calomnie, & me la rëdre auantageufe en la furmontant. Le
cheual efchappé des loups
deuient, ce dit-on, & plus
vifte & plus courageus qu'il
n'eftoit. Celui qui efuite vne
mefdifance acquiert de l'ad-
dreffe & des forces, dont il fe
peut preualoir en beaucoup
de rencontres.

Pourquoi porterai-je im-
patiemment vne attaque qui
eft la preuue de mon merite,
On ne jette des pierres qu'-

aus arbres qui ont du fruict.
Les chiens n'abayent qu'a-
pres la pleine Lune, sans se
soucier du Croissant. Si i'é-
tois pour prendre de la vanité, ie croirois auoir quelque
chose de recommandable,
puis qu'on m'en veult, &
qu'on se plaist à me faire outrage. N'ayons donc point de
mauuaise volonté côtre ceus
qui nous persecutent ; & si
nous sommes assez vertueus
pour cela, sçachons leur gré
du tesmoignage qu'ils rendent sans y penser de ce que
nous valons. Imitons si besoin est le Chameau qui se
met à genous deuant ceus

qui le chargent; & pour toute vengeáce oppofons noftre
patience à toutes les iniures
qui nous font ou faittes ou
dites. C'eft le plus feur moyé
que nous pouuons tenir non
feulement pour empefcher
qu'elles ne nous offencent,
mais encore pour les faire
ceffer. Il n'y a point d'homme qui ait de fi mauuaifes paroles, ni en fi grande abondance, difent les Turcs dans
vn de leurs prouerbes, qu'vn
fourd ne laffe à la fin. D'ailleurs, on rend l'iniure plus
grande en s'en plaignant; &
beaucoup en attirent vne feconde pour faire trop paroî-

tre le reſſentiment de la premiere.

Si ie me laiſſe aller au deſir
de vengeance, que ferai-je
autre choſe que de me liurer
moi-meſme entre les mains
d'vne Furie Infernale. Elle
ne ſçauroit prendre ſi petite
place dans mon ame, qu'elle
n'y mette auſſi toſt la confu-
ſion, & qu'il ne faille dire
Adieu à tout ce que la vie
peut auoir d'agreable. L'a-
mertume dure bien plus long
tems dans la bouche que la
douceur, dont elle deſtruit le
gouſt en vn inſtant. Toutes
les trois Furies ſont vierges;
leurs paſſions demeurét toû-

jours entieres ; & quoi que
nous soyons mortels, elles
excitent des transports immortels au milieu de nos entrailles. Dans quels precipices ne nous portent point les
fougues déreglées de celle-ci?
Son courrous nous fait faire
des courses au delà des bornes de la raison, & s'il est vrai
que les noms soient des in-
strumens propres à discerner
la substance des choses, selon
la doctrine de l'Academie, du
Portique, & du Lycée, sa cholere n'est pas moins bié nommée *ira*, du verbe latin, *ire*,
que courrous en François, de
courir, puis qu'elle nous fait

aller iufques à des extremitez
dont il eft fouuent impoffible
de reuenir. Qui alluma dans
Piftoie ces deux grandes fa-
étions, la Blanche, & la Noi-
re, qui l'ont penfee defoler,
que la vengeance d'vn pere
paffionné, qui fit couper le
poing d'vn ieune homme venu chez luy exprez, pour lui
demander pardon d'vne le-
gere bleffure qu'il auoit faite
à fon fils. Ils eftoient tous
deus de la famille des *Can-
cellieri*, & cela mefmes auoit
obligé les parens de l'aggref-
feur à l'enuoier vers l'offencé
receuoir vn traittemét qu'ils.
ne fe pouuoient pas imaginer.

si cruel. Ce pere vindicatif
eut le courage, ou pluſtoſt
l'inhumanité, de leur man-
der apres vn acte ſi barbare,
que les plaies faittes par le fer
ne ſe gueriſſoient pas auec de
ſimples paroles, & qu'il n'y
auoit qu'vn autre fer auſſi
trenchant que le premier qui
leur peuſt ſeruir d'appareil.
O que la moderation & tranquillité d'eſprit oppoſee à de
telles rigueurs à des effects
bien differens. Elle met la
concorde par tout où elle ſe
trouue, & iamais on ne la
voit reduitte à ſe repentir d'a-
uoir excité des orages qui ne
ſe puiſſent appaiſer. Elle eſt

pleine de generofité, & fa
force paroift d'autant plus,
qu'on ne voit que foiblesse
dans tous les mouuemens de
la vengeance. En effect les
femmes imbecilles, les enfans
& les beftes brutes ne s'y laif-
fent aller, qu'à proportion de
ce qu'elles font priuées de raifon. I'ai veu tel crocheteur
chargé du poids de deus à
trois quintaux fans fe plaindre, lequel ne pouuoit fup-
porter deus ou trois mots qui
lui paroiffoient vne iniure.
Prenons bien garde de n'en
vfer pas de la forte, fi nous
croyons auoir le raifonnement de meilleure trempe.

Prattiquons pluſtoſt le precepte d'Epictete, qui ne veult
pas ſeulement qu'on s'amuſe
à refuter les médiſances, tant
s'en fault qu'il en permette le
reſſentiment. Si quelqu'vn,
dit-il, a parlé de vous en mauuaiſe part, au lieu de vous
donner de la peine à faire voir
la faulceté de l'iniure, reſpon-
dez qu'il n'a pas pris ſans doute connoiſſance de tous vos
vices, parce que ſi cela eſtoit,
il lui ſeroit aiſé de vous faire
bien d'autres reproches. Ariſtote ſe contenta de teſmoigner le meſpris de quelques
faſcheus termes qu'on auoit
tenus de lui en ſon abſence,

Enchir. c. 4

par la protestation de pardonner mesmes à ceus qui lui donneroient le foüet, pourueu qu'il n'y fust point. Ce n'estoit pas auoir toute la vertu d'vn Stoicien, puis qu'il semble par là qu'il se reseruoit la liberté d'en vser autrement quand il seroit present. Mais pour le moins nous monstra-t-il dans sa secte Peripatetique, combien on doit negliger des offences verbales, qui ne firent iamais de mal à vn homme de bien.

Χειςὸς πονηρῆς οὐ τιβῶσκεῖαι λόγοις.

Bonus improbis non vulneratur verbis.

En voila assez pour vne seule
leçon, l'importance est de la
prattiquer, & de la faire plus
seruir à l'vsage de la vie, qu'à
l'ornement du discours.

DE
LA BONNE
CHERE.

E n'eſt pas ſans ſujet
qu'on prent ceus de
qui l'on taſche de ti-
rer vne reſponſe fauorable,
apres leur repas. Zenon le
plus ſeuere de tous les Philoſophes, reconnut que la bóne
chere le rendoit de meilleure
humeur, & qu'il lui arriuoit
la meſme choſe qu'à cette eſ-

pece de legumes qu'on nomme Lupins, qui perdent leur
amertume dans l'eau, comme
il quittoit insensiblement en
beuuant ce que sa nature &
sa façon de philosopher a-
uoient de trop austere. *Ni-* Vopiscus.
hil populo Romano saturo po-
test esse lætius, disoit l'Empereur Aurelien dans vne de ses
lettres. Ie me souuiens aussi
de ce que Pline obserue tou- L. 30 Nat.
chant les Mules, qu'encore hist. c. vlt.
qu'elles soient si sujettes à
ruer, elles se defont neantmoins de cette mauuaise habitude lors qu'on leur donne
du vin à boire. Et par effect
les noms seuls de Liæus, &

de Liber, que les Grecs & les Latins donnerent au Dieu des festins, monstrent bien le pouuoir qu'il a de dissoudre nos ennuis, & de nous deliurer de toute melancholie. Il ne faut donc point douter que l'agreable repas que vous pristes chez Apicius n'ait grandement contribué à cette extraordinaire liberté d'esprit qui paroist dans vostre lettre ; & que vos belles descriptions ne doiuent beaucoup au genie d'vne table si bien seruie, qu'elle me iette moi-mesme dans la gayeté, & m'inspire de bien loin tant de complaisance, que ie me re-

fouds de refpondre à la pluf-
part des queftions que vous
m'auez propofées. Si mes
fentimens n'ont pas toute la
conformité aus voftres que
vous auez fouuent efprouuée
fur d'autres fujets, prenez-
vous-en à vous mefmes qui
auez commis ce folecifme
moral, de vous rapporter à vn
beuueur d'eau de l'vfage de
vos brindes. Socrate accufe
dans le conuiue de Xeno-
phon vn certain Hermoge-
ne qui ne difoit mot, d'vn cri-
me nouueau qu'il nomme
παρoινίαν. Vous n'eftes pas moins
coupable qu'Hermogene,
puis que vous m'obligez à

ioüer vn personnage aussi
messeant & aussi importun
que le sien. Souuenez-vous
du prouerbe des anciens, que
l'eau donne bien d'autres lumieres que le vin, *non idem*
sapere possunt qui aquam &
qui vinum bibunt ; & du iu-

L. 1. de vit.
Soph. in
Æsch.

gement que fait Philostrate
de cette grande antipathie
qui paroissoit entre Eschine
& Demosthene, qu'il fonde
principalement sur ce que le
premier n'aimoit pas moins
la pureté du vin, que celle de
la diction, ny le plaisir de la
table, que l'exercice du bar-
reau ; au lieu que Demosthene faisoit profession de so-
brieté,

brieté, ne se plaisoit qu'à l'eau,
*ad aquam dicebat, scribebat,
cœnabat.* C'est toute l'excuse
que vous aurez de moi sur vn
assez grand nombre de contradictions à la meilleure partie de vos maximes.

Desia ie ne sçaurois approu-
uer les preparatifs dont vous
auez vsé de part & d'autre.
Cette façõ d'Apicius de vous
auoir prié tous de si bonne
heure & auec tant de ceremonie, me fait souuenir des
Sibarites, qui conuioient vn
an deuant le iour du festin.
Et quand vous remarquez
que pour obeir à Socrate, qui _{in Symp. pl.}
veut qu'en de semblables oc-

Y

casions on se pare extraordinairement, vous auiez pris
vn habit neuf, & pour vser
de ses termes, allant trouuer
les beaus vous vous estiez
aussi fait beau, l'ay eu pitié
de vostre condition, & ie me
suis estonné qu'vn si grand
Philosophe que vous estes,
sçeust si peu ce qui lui estoit
auantageus. N'auez vous pas

L. 16 Noâ.
Att. c.3.

leu dans Aulu-Gelle l'obseruation du Medecin Erasistra-
te touchant l'vsage des Scy-
tes, lors qu'ils deuoient estre
long-tems sans manger? Leur
preparation pour cela estoit
de se presser fort l'estomach
& le ventre auec des bandes

dont ils s'enuironnoient, &
par ce moien paſſoient pluſieurs iours ſans eſtre trauaillez de la faim. Il ne faut pas
douter que des habits qui
n'ont point encore eſté portez, & où l'on ſe trouue toûjours incomparablemēt plus
à l'eſtroit que dans ceus qu'on
vient de quitter, ne façent à
peu prés le meſme effect. Et
c'eſt vne merueille que deuant aller prendre vn repas
où l'on eſt obligé d'exceder
de beaucoup ce qui eſt du viure ordinaire, vous vous y
foyez ſi mal diſpoſé, & que
vous ayez ignoré ce que les
filles & les petits garçons ex-

perimentent tous les iours,
qu'il n'y a rien qui oste tant
l'appetit qu'vn veſtement qui
ne fait que ſortir d'entre les
mains du Tailleur. Iugez ſi
ie ſuis en humeur de vous
pardonner des choſes de bien
grande conſequéce, puis que
ie m'arreſte d'abord à ce qui
peut ſembler de ſi petite conſideration.

Le chois des conuiez eſt ſi
important, qu'il fait à mon
auis l'vne des plus eſſentielles
parties du banquet. Et ie ne
doute point que ſi nous auiós
les liures d'vn Heraclides Ta-
rentin, d'vn Lynceus de Sa-
mos, d'vn Hippolochus Ma-

cedonien, ou d'autres semblables qui ont escrit il y a long
tems sur cette matiere, nous
n'y remarquassions bien ex-
pressemét comme les mœurs
& la condition de ceus qui se
doiuent trouuer à mesme table, est tousiours ce qui nous
la rend le plus recommandable. I'en ai veu des mieus seruies, & où il ne manquoit rié
des choses qui peuuent contenter presque tous les sens,
dont on se leuoit neanmoins
auec fort peu de satisfaction,
à cause du mauuais rapport
de ceus qu'on auoit mis en
mesme lieu, bié qu'ils fussent
differens d'humeurs, & dans

vne oppofition d'inclinatiõs
qui ne fe poùuoit furmonter.
Horace dit qu'il y a des hommes qui ne font paroiftre leur
efprit, que par l'appreft de
quelque mets noùueau & de-
licieus.

L. 1. Sat. 4. *Sunt quorum ingenium noùa*
tantum cruftula promit.

Mais ie tiens que ceus qui fe
meflent de traitter les autres,
ne fçauroiét mieus faire connoiftre s'ils ont du iugement,
que par l'election des perfonnes qu'ils affemblent, & que
cét article eft de beaucoup
plus d'importance que celui
des viures. C'eft pourquoi
quand vous m'apprenez le

scandale que causa au reste de
la compagnie, le genie particulier d'vn de voſtre trouppe,
ie ne puis m'empeſcher que
ie ne l'impute à celui qui en
eſtoit le chef, parce qu'il l'a-
uoit conuoquée. En effet il
y a des antipathies de table
qui ne ſe peuuent corriger,
& qu'on doit par conſequent
eſuiter auec grande precaution. L'Hiſtoire d'Eſpagne
nous apprent qu'vn Roi de
Grenade Mahometan fut tué
par les ſiens, pour auoir mangé auec Alphonſe Roi de Ca-
ſtille qui eſtoit Chreſtien. Et
la noſtre nous fait voir vn Roi
de Bretagne, qu'elle nomme

Mariana l.
16. c. 3.

Y iiij

Chron. Fre-
deg. c. 78.

Iudicaïle, qui refuſa par religion de diſner auec le Roi
Dagobert, preferant la table
du Referendaire Dadon, qui
viuoit ſainctemét ce luy ſem-
bloit, à celle de ſa Majeſté,
bien que ce Breton lui fuſt
venu faire la foi & homma-
ge. Ie ne vous donne ces
exemples ni pour vous ſeruir
de conſeil, ni pour vous tenir
lieu de preceptes, mais ſeulement pour vous repreſenter
combien il eſt à propos de ne
mettre la nappe qu'à ceus dõt
on a reconnu les complexiõs,
& qu'on ſçait qui ſymboli-
ſent en la pluſpart des choſes
qui peuuent en de tels ren-

contres causer quelque esmo-
tion d'esprit, d'où vient ordinairemét l'alienation des volontez. Car cómment pour-
riez-vous accorder des humeurs tumultueuses & des-
bordées, telles que vous en
connoissez, auec celle d'vn
Sabinianus qu'Ammian Mar- 1. 18.
cellin nous represente d'vn
temperament si delicat, qu'il
ne pouuoit souffrir le moindre bruit, ni le moindre des-
ordre d'vn festin? Que fera
vn homme de mœurs hon-
nestes & moderées, parmi des
gens qui croiront que le meilleur de tous les augures c'est
de combattre pour les plats

pluſtoſt que pour la patrie?
ou qui auſſi effrontez que ce
Demylus, dont parle Athe-
née, cracheront en vn beſoin
comme lui ſur le meilleur
mets qui ſe preſentera, afin
d'eſtre ſeuls à le deuorer?
Vous n'ignorez pas la mode
qu'auoient autrefois les Scy-
thes, de ietter ce qui reſtoit
de vin dans leur couppe ſur
les habits des aſſiſtans, & ie
me ſouuiens de vous auoir
oüi remarquer côme la meſme choſe ſe pratrique encore
auiourd'hui dans l'Allema-
gne, & comme vous y auez
veu faire à vn Duc de Saxe;
ce que l'autheur que nous

L. 8. Deipn.

Id. L. 10.

venons de citer attribuë à ce
Seuthes qui commandoit en
Thrace. Si des personnes esle-
uées auec quelque sorte de
ciuilité se trouuent parmi
d'autres qui se plaisent à des
façons de faire si barbares,
n'auront-elles pas merueilleusement à souffrir? & n'ac-
cuserez vous pas d'imprudence celui qui ne les aura fait
venir que pour les remplir de
desgousts & de mortifica-
tion? Veritablement Lucien
a raison de faire dire à ce fa-
meux Parasite, qu'vn Philosophe est plus importun dans
de telles assemblées, qu'vn
chien dans vn bain public.

L. 4.

Dial. de Pa-
raf.

Pythagore ne pouuoit souffrir qu'on rompist le pain a-
uecque les mains. Il deffendoit de ranasser ce qui estoit
vne fois tombé de la table.
C'estoit commettre vn cri-
me parmi ses disciples que de
manger des feues. Ils se sont
mesmes abstenus de la pluspart des animaus, comme depuis les Encratites. Le cœur
sur tout & la ceruelle de ces
animaus leur estoient en abo-
mination. Et quiconque faisoit rostir vne viande qui eust
esté desia bouillie, contreue-
noit à l'vn des plus importás
preceptes qu'ils eussent. On
peut facilement voir par là

que chacun n'estoit pas propre à estre de leur escot, &
qu'vn Archestrate qui cou- Athen. l..
rut toute la terre pour contenter son ventre de tous les
bons morceaus qui s'y mangent , & qui composa cette
Gastrologie qu'on nomma la
Theogonie des Epicuriens,
eust esté tres-mal apparié
auec de tels scrupuleus. I'a-
uoüe bien qu'il n'est presque
pas demeuré le moindre ve-
stige dans le monde d'vne si
grâde superstition, bien qu'il
se trouue quelques Gentils
dâs toutes ses parties qui n'en
sont pas entierement deliurez, & que, par exemple, les

Cochinchinois encore au-
iourd'hui, selon la relation
du Pere Borry, fassent vn
grand peché de se nourrir de
quelque laictage que ce soit.
Mais tant y a que comparant
le plus au moins, & les repu-
gnances extremes à celles qui
sont plus legeres, il fault demeurer d'accord que la Table
n'a rien qui lui soit si contraire qu'elles, generalemét parlant; & qu'au rebours la conformité d'humeurs est son
principal assaisonnement, &
ce qui lui donne vne grace &
vn agréement qui deut man-
quer à celle qu'on vous auoit
preparée, par la faulte de ce-

lui qui vous y assembla, sans
auoir fait reflexion sur ce que
nous disons.

Vous auez beau me faire
cas de l'excellent apprest &
de la delicatesse de vos mets,
dont vous taschez a me faire
venir l'eau à la bouche ; ils ne
sçauroient auoir esté tels, que
la plus commune viande ne
me paroisse aussi bonne &
aussi sauoureuse auec vn peu
d'appetit. Socrate se prome-
nant l'apresdisnée, auoit ac-
coustumé de dire qu'il ache-
toit de la santé pour son sou-
per. Vn Chasseur affamé vendit sa primogeniture pour vn
plat de lentilles. L'Espagnol

dit, *a pan de quinze dias, ham-*
bre de tres semanas, ce qui se
rapporte à l'action d'vn Vl-
Xiphil. ex
Dione l. 72.
pius Marcellus Lieutenant de
l'Empereur Commodus, en
Angleterre, qui faisoit venir
iusques là du pain de Rome,
afin que sa dureté l'empes-
chast d'en manger beaucoup.
Et chacun peut auoir esprouué comme la faim est capable
de nous rendre tous aussi faciles à nourrir, que ces peuples d'Ethiopie nómez Pam-
phages par Solin, parce qu'il
n'y a rié dont ils ne mangent
tres-volontiers. Ie n'ignore
pas que le luxe & la friandise
ont sounét le pouuoir de cor-
rompre

rompre nos mœurs iusques à
vn tel poinct, qu'vn bon Cui-
sinier se vendoit à Rome quatre talens, dont on eust ache-
té vne douzaine de Gram-
mairiens & de Philosophes.
Caton s'y plaignoit de ce
qu'vn poisson y coustoit plus
qu'vn bœuf ; & Apollonius Philostr. l. 1.
adiousta parlant à Domitien, c. 3.
plus qu'vn cheual marqué à
la lettre K, qu'on imprimoit
sur ceus qui estoiét d'vn prix
excessif dés le temsd'Aristophane. Cela me fait souuenir
de l'exemption de tout tribut
qu'accorderent les Sybarites Athen. l. 13.
aus pescheurs d'âguilles, par- & 3.
ce qu'ils en estoient extraor-

dinairement friands : Et de
Id. l. 7. & 14
ce Fricaſſeur qui maintenoit
autrefois , qu'on ne pouuoit
reüſcir dans ſa profeſſion ſans
vne tres-particuliere connoiſſance de la pluſpart des
arts, & ſur tout de la philoſophie ; vn autre ayant dit à la
recommandation du meſme
meſtier, que ſans lui nous ſe-
rions encore dans l'antropo-
phagie, qu'il a eu le pouuoir
de bannir du monde par le
bon aſſaiſonnement des viandes permiſes. Mais qui peut
ignorer la diffamation des
Sybarites, ou de leurs ſemblables ? Et qui n'a point en
horreur les appetits deſor-

donnez d'vn Vitellius ; les
diſſolutions encore plus grãdes d'vn Heliogabale, ſi nous
en croyons Lampridius, auſſi
bien que les deſpences de table prodigieuſes de cét An-
tiochus, qui lui purent faire
changer ſon nom d'Epipha-
ne ou de Splendide, en celui
d'Epimane ou de Furieux?
Quant à moi, tant s'en fault
que i'eſtime tout ce raffine-
ment de ſaupiquets, ni cette
eſlite curieuſe de bons morceaus, qu'à mon auis nous
n'auons rien de plus à craindre que cela, ſoit pour la ſanté du corps, ſoit pour celle
de l'eſprit. Ie l'ay ainſi appris

Philostr. l. 1.
c. 5.

de ce mesme Appolonius dõt
ie viens de parler, qui creut
& suiuit dés le commence-
ment de sa vie cette importante maxime, que pour faire bien porter l'vne & l'autre
de ces deus parties qui nous
composent, il falloit commencer par la purgation du
ventre, & par le régime de
la bouche. Prenons y garde
de prés, nous trouuerõs auec
Seneque qu'il n'y a chose au
monde de laquelle nous nous

Epist. 91.

puissions mieus passer que
d'vn Soldat, & d'vn Cuisi-
nier, *tam superuacuus generi*
humano coquus, quàm miles.
La multitude des mets, &

leur different appreſt, a cauſé
la grandeur auſſi bien que la
diuerſité des maladies. Et celui qui contera le nombre des
Cuiſiniers de Paris, comme
ce grand homme faiſoit ceus
de Rome, ne s'eſtonnera pas
de voir multiplier nos infir-
mitez à proportion des offi-
ciers de cuiſine, *innumerabi-
les eſſe morbos non miraberis,
coquos numera.* O la belle leçon que nous fait Homere
là deſſus, ne couurant que de
bœuf roſti la table de ſes Heros, ſans qu'on y puiſſe remarquer la moindre delicateſſe, ny meſmes le plus po-
tit poiſſon en quelque coſte

Ep. 96.

Plato 3. de
Rep.
Athen l. 1.
Dio. Chr.
or. 2.
Naudæus de
ſt. mil. l. 1.
p. 286.

Z iij

maritime qu'ils se trouuent,
& sans auoir excepté de cette
regle ni le temps des nopces,
ni les festins d'Alcinous, ni la
vieillesse de Nestor, ni les des-
bauches des amoureus de Pe-
nelope. Tenons pour asseuré
qu'Alexandre, qui estoit si
plein d'amour & de respect
pour ce Poëte, auoit bien obserué cela, lors qu'il renuoya
les Paticiers de la Reine de
Carie, lui mandant que son
Precepteur l'auoit pourueu
d'autant de semblables ou-
uriers qu'il lui en falloit, en
lui apprenant à se leuer matin, & à faire de l'exercice.
Il ne faut pas douter non plus

que ce Roi de Sparte qu'on
nommoit ce me semble Age-
silaus, n'euſt eſté inſtruit en
meſme eſchole, puis qu'aiant
receu des Thaſiens vn preſ-
ſent de quelques friandiſes,
il en fit auſſi toſt la diſtri-
bution aus eſclaues nommez
Eilotes ſans y vouloir gou-
ſter, afin, dit-il, que ni luy ni
les autres Lacedemoniens ne
peuſſent eſtre corrompus par
de telles viandes. Voulez-
vous bien reconnoiſtre l'abus
des deſguiſemens qu'on y ap-
porte auec tant de ſoin & de
deſpence, Iettez les yeus ſur
ces hommes que la Fortune
oblige à viure baſſemet pluſ-

toſt que frugalement, & vous
verrez qu'il n'y en a point qui
trouuent meilleur ce qu'ils
mangent, ni qui le conuertiſ-
ſent en vne plus loüable ſub-
ſtance.　Lucien attribuë le
long âge & la ſanté des Seres
& des Chaldeens, au pain
d'orge & à l'eau pure dont ils
ſe contentoient.　En effeꝗ
aiez tel ſoin de voſtre langue
que vous voudrez : Faites lui
vn fourreau ou eſtui comme
ce Pithyllus, de crainte que
ſon gouſt ne s'eſmouſſe, & ne
ſoit moins propre aus voluptez que vous lui preparez :
Auecque tout cela elle ne
trouuera iamais de biſque ſi

In Macrob.

Athen. l. 1.

exquise qu'vn morceau de
lard paroist bon à vn Païsan
affamé, ou que ces oignons
qu'on apportoit de Gaiette Onuphr.
sembloient excellens au Pape
Iules troisiesme. Songez d'ailleurs à ce que disoit Diogene,
qu'il n'y a que les tables bien
seruies d'où se leuent ces personnes fieres & insupportables à qui il donne le nom de
Tyrans; n'y en aiant point de Iulia. en &:
Mazophages, comme il par-
loit, c'est à dire, qui se contentent d'vn apprest commun
& naturel, de mesme qu'il
eust desiré que chacun eust
fait à son exemple. Certes ie
suis trop admirateur de sa

vertu, pour me laisser surprendre à l'appast de vos saul-
ces, plus propres à irriter l'esprit de Diogene que son appetit.

Que si la qualité de vostre
festin ne m'a pas touché les
sens côme vous vous l'estiez
imaginé, vous pouuez bien
penser que ie n'en aurai pas
eu plus agreable la quãtité. A
vous voir descrire le nombre
des seruices qui ont succedé
les vns aus autres, il semble
que vostre hoste vous ait pris
tous pour autant d'Hercules,
celui des Poëtes estant accu-
sé d'auoir tué trois fils d'Eu-
rysthée, qui ne lui auoit pas

donné à table vne affez groffe
portion. Et quand chacun
de vous euft eu la faim plus
que canine de ce Gamblite
Roi de Lydie, qui mangea
iufques à fa propre femme
dont il ne laiffa que la main,
on vous auoit preparé affez
de mets pour vous empef-
cher tous en vous affouuif-
fant d'eftre fi criminels. Eft-
ce là, ie vous prie, traitter des
amis, ou fi ce n'eft point faire
parade & tirer vanité tout
enfemble, de la plus fuperfluë
defpéfe dont on fe puiffe aui-
fer? Auiez vous au moins chacun vne lifte deuant vous de
et qui vous deuoit eftre pre-

Exc. Conft.
ex Nic. Da-
mafc.

senté, comme l'ancien vsage
Athen l. 2. des premiers Grecs le portoit? afin de vous pouuoir de-
terminer au mieus, & de n'a-
uoir pas le regret de voir venir apres la repletion & la sa-
tieté, ce qui eust esté volontiers mangé le premier, comme le plus conforme à vostre
appetit.　Ie connois bien l'o-
pulence d'Apicius, & ie sçai
que dans Corinthe mesmes,
où lon informoit des facultez de ceus qui faisoient des
festins, pour les punir s'ils ex-
cedoient en cela ce qui estoit
de leur portée, vn homme
comme lui eust pû estre pro-
digue sans en estre repris. Ie

ne suis pas en doute non plus
qu'il ne se trouue encores auiourd'hui assez de personnes
de l'humeur de ce Tribun,
qui protestoit deuant le peuple de Rome, que c'estoit fait
de la liberté, s'il n'estoit pas
permis à vn chacun de se rui-
ner dans la desbauche, & de
perir par le luxe quand on en
auoit la volonté. Mais d'appliquer cela à des Dèipho-
sophistes, puis qu'Apicius
mesme affecte de passer pour
tel, & de les traitter comme
il eust pû faire des Princes, ou
pour le moins des Financiers
qui ne leur sont de gueres inferieurs pour ce regard, c'est

ce que ie ne puis compredre,
& surquoi vous n'aurez aussi
iamais mon approbation. La
table a cela de propre que la
moitié y vault souuent mieus
que le tour. L'abondance y
engendre le desgoust. Et la
seule veuë des viures, s'il y en
a par excés, rassasie, & nous
iette ordinairement dans vne
tres-penible inappetance.

Ie ne la nomme pas ainsi
sans sujet. Il n'y a point de
lieus où ceux de mõ humeur
arrestent plus mal volontiers
qu'à la table, depuis que ce
qui est dessus ne les touche
plus, ce qui leur arriue bien
tost. Si i'y suis retenu au delà

d'vne demie heure pour l'ordinaire, ou de l'heure entiere
quand il fault vser de complaisance enuers des personnes estranges , la mortifica-
tió que i'y reçois n'est gueres
differente de celle d'vne ame-
de honorable. C'est pourquoi
ie ferois toustiours de tresbon
cœur en de semblables occa-
sions comme Socrate, qui ne   In conu.
Plat.
voulut entrer chez le bel
Agathon qu'on ne fust au milieu du repas, deusse-ie estre
mis au bas bout comme lui.
Et ie trouue qu'Auguste l'en-
tendoit bien, lors qu'il faisoit   Suet in Oĉ.
art. 74.
mettre ses amis à table & cõ-
mencer long tems deuãt lui,

trouuant bon qu'ils y demeu-
raffent encore apres qu'il
eftoit leué fi bon leur fem-
bloit. A la verité ie n'y emploie pas mal le tems pendât
que i'y fuis. Il n'y a perfonne
qui ne me prift pour vn des
plus habilles hommes de
France en ce lieu là. Et s'il
eftoit queftion d'y fouftenir
le parti de *Petrus Comeftor,*
contre celui de *Iohannes Ieiu-
nator,* ie n'y ferois pas fouuent
des moins côfiderables. Mais
hors le tems que ie viens de
depreferire, ie ne fçai point
de plus grãd fupplice que celui d'vne affiftance forcée à
des brindes, ou a des ragoufts
impor-

importuns, apres que la soif
& la faim sont passées. On
disoit en riant d'Alexandre
Seuere, parce qu'il man-
geoit beaucoup au dessert, *se*
non secundam mensam habere,
sed secundum. Comment ap-
pellerons-nous vos seruices
reïterez, & cette longue attente d'en voir la fin, comme
d'vne pompe ou magnificen-
ce publique où l'on se repent
de s'estre engagé. Quant à
moi i'aimerois mieus estre
condamné à prendre mes repas en cheminant, comme
les Arondelles font les leurs
en volant, ou tout de bout,
comme ces soldats que Tibe-

Lamprid in
Seuer.

Plin. l. 10.
c. 24.

A a

T. Liuius
dec. 3. l. 4.

rius Gracchus punit par ce
moyen durant la seconde
guerre Punique pour n'auoir
pas bien fait leur deuoir, que
d'estre obligé à demeurer
aussi long-tems que vous fu-
stes assis inutilement, & toûjours en mesme posture. Car
encores les anciens auoient
leurs licts, où le corps changeoit d'assiette, & ou ils cher-
choient leur aise en se cou-
chant tantost d'vn costé, tantost de l'autre. Vn fragment
Ext. Const.
ex Diod.
ou lambeau de Diodore Si-
cilien le monstre bien, lors
qu'il met entre les grandes
fatigues de Pompée, celle de
n'auoir iamais mangé qu'assis

durant la guerre , parce qu'il
l'euſt fait couché en vn autre
tems. Et la loi des Macedo-
niens eſt encore fort expreſſe
pour cela,qui leur deffendoit
d'eſtre a table autrement que
ſur des ſieges , iuſques à ce
qu'ils euſſent tué vn Sanglier
hors des toiles. C'eſt pourquoi quand ie lis que les Per-
ſes conſultoient de leurs plus
importantes affaires en ban-
quetant , & les Grecs de meſmes ſous les Tentes d'Agamemnon , ie les plains beaucoup moins que vous , qui
eſtes demeurez trois ou quatre heures comme des for-
çats ſur le banc , ou comme

Athen.l.1.
Deipn.

A a ij

ce miferable damné,

Virg. 6. Æn.
    --Sedet eternumque fedebit
In fœlix Theseus.

Ne m'alleguez pas la deffus le
diuertiffement de boire à la
fanté, & de fe faire raifon les
vns aus autres ; vous ferez
toufiours contraint de m'a-
uoüer qu'il n'y a rien de plus
mal fain, ni de moins raifon-
nable, quand l'excés y eft &
qu'on en abufe. Ne fut-ce pas
le pere de Neron qui tua fon
Suet. in Ne-
ron.
Libertin, pour ne lui auoir
pas fait vne de ces raifons? Et
ne voyons-nous pas dans la
Diog. Laert.
vie d'Empedocle, qu'il accu-
fa de Tyrannie affectée, & fit
condamner à mort celui qui

l'auoit voulu forcer à boire
plus qu'il ne vouloit? Si ie suis
recusable ici, vous auez eu
tort de me prendre pour
iuge.

Pour vous faire paroistre
neantmoins que ie n'agis pas
tout à fait de mauuaise foi, ie
tomberai facilement d'ac-
cord auecque vous qu'vne
infinité de personnes de la
plus haulte reputation, n'ont
pas fait difficulté de se char-
ger d'vn peu de vin, pour se
descharger de ce grand nombre d'ennuis qui trauersent le
cours des plus belles vies. On
veut mesmes qu'Alexandre
soit mort de trop boire, Bac-

chus se vengeant par là de la
ruine de Thebes. Eschile a
fait paroistre Iason yure sur le
theatre. Et les Heros d'Homere ne valét gueres mieus,
iusques au Sage Nestor, dont
il a pris la peine de nous descrire la tasse auec autant de
soin que le bouclier d'Achille. Prenons la chose encore
en plus forts termes, la pluspart des Philosophes se sont
donnez pleine liberté en cela.
Arcesilaus & Lacydes mou-
rurent de s'estre trop remplis
de vin. Caton & Solon en
sont diffamez, quoi que celui-ci eust imposé dans ses lois
la peine de mort au souuerain

Magiſtrat s'il s'enyuroit. Ana-
charſis demanda le prix à Pe-
riandre , s'eſtant le premier Athen. l. 10.
enyuré chez lui dans vn feſtin
ſolemnel, comme celui qui
eſtoit arriué deuant tous les
autres au but qui leur eſtoit
propoſé. Et nous apprenons
tant de Platon que de tous
ceus qui ont parlé de Socrate, comme il n'y auoit homme de ſon tems qui beuſt plus
que lui quand il s'y mettoit,
auec cette proprieté merueil-
leuſe de ne s'enyurer iamais.
Elle n'eſt pas de ſi petite conſideration qu'on ne viſt ſur
le tombeau du grand Darius
qui ſe deliura de la Tyrannie

des Mages, entre autres eloges celui-cy , qu'il pouuoit
boire beaucoup fans fe faire
tort ny s'incommoder. Et ie
me fouuiens à ce propos d'a-
uoir leu dans quelques Geo-
graphes, que les habitans des
Ifles Orcades ne s'enyurent
iamais, ny ne tombent en de-
mence, bien qu'ils foient des
plus grands beuueurs du mó-
de. Quoi qu'il en foit, on
peut fouftenir, ce femble,
qu'il n'y a gueres d'apparance de condamner abfolumét
ce que tant d'honneftes gens
ont eftimé. Le vin eft fou-
uét le miroir de l'ame. Theognis dit qu'on cognoift vn

Mercator.
Hect. Boet.

homme & qu'on l'esprouue
dans cette liqueur, comme
l'or dans le feu. Et la relation
du Roiaume de Tibet m'ap-
prent que les Lamas, qui sont
les Prestres du païs, en boiuét
extraordinairement les iours
de ieusne & de deuotió, pour
auoir la langue plus prompte
à dire leurs oraisons & à loüer
Dieu à leur mode. C'est par
là, si ie ne me trompe, qu'en
excusant le fruict de la vigne, on peut dresser son pa-
ranymphe.

Mais sondons vn peu le sentiment de ceus qui ont nommé cette mesme vigne la Me-
tropolitaine de tous les vices,

car c'eſt le terme ce me ſemble dont ſe ſert vn certain
Pontianus dans Athenée. Celui qui la vit pendante à vn
Orme, dit comme le plus iu-
dicieus homme de ſon ſiecle,
que ſes crimes meritoient bié
le gibet. Ce fut elle qui fit
autrefois deſoler l'Italie aus
Gaulois, & depuis peu l'Iſle
de Chipre aus Infidelles, Se-
lim ſecond y ayant eſté attiré
par ſes charmes. Elle con-
traignit Alexandre de prendre vn autre chemin que celui du mont Nyſa, où ce grãd
Conquerant eut peur qu'elle
ne deſbauchaſt toute ſon ar-
mée. Et nous apprenons des

Lib. 10.

Cineas,
Plin. l. 14.
c. 1.

Philoſtr. l. 2.
c. 4

restes de Phylarche l'historien, que le Soleil mesme qui
l'a produite auoit son fruict à
contre-cœur, & qu'on n'eust
osé respandre de vin sur ses
autels lors qu'on lui sacri-
fioit, de crainte qu'vne si dā-
gereuse liqueur ne troublast
vn Dieu qui auoit tout le
Monde sous sa conduitte. Les
Rois des Indes s'en sont ab-
stenus pour le mesme sujet, si L. 15 Geogr.
nous en croions Strabon. Les
Prophetes comme Samson
& Samuel ne beuuoient que
de l'eau. Et Salomon deffent
auec vne repetition tres-ex-
presse l'vsage du vin aus testes
couronnées , *Noli Regibus*, Prou. c. 31.

ô *Lamuel*, *noli Regibus dare vinum.* En effect s'il rend le corps plus fort, il affoiblit l'esprit en recompense. L'inimitié d'entre Bacchus & Iunon qui ne pouuoit endurer de lierre dans ses temples, monstre combien ce breuuage est contraire à la generation, encore qu'Aristophane l'ait nommé le laict de Venus. Les productions de l'ame n'ont pas moins à souffrir de sa violance. Et ceus qui firent naistre cét enfant yurógne parmi les tonnerres & les esclairs, nous enseignerét assez sa nature, & ce que nous en deuions attendre. Certes

Eus. præp.
Eu. l. 3. c. 1.

ce n'a pas esté mal definir vn
yurongne, que de l'appeller
celui qui deuoit estre homme le lendemain. Conside-
rez dans Camdenus ce Sei-
gneur Irladois Iean O-Neal, L. 1. Hist.
qui est contraint de se faire
enterrer iusques au menton,
pour temperer l'ardeur du
vin & de l'eau de vie dont il
regorgeoit, vous l'estimerez
moins en ce miserable estat
que quelque beste que ce soit.
Et quand vous voudrez vous
souuenir fidelement de tous
les desordres qui sont arriuez
de vostre connoissance parmi
ces carrouces, & parmi ces
deffis qui se font le verre à la

main, vous trouuerez moins
estrange, ie m'asseure, que ie
vous aye reproché vne partie
du tems que vous auez donné à ce diuertissement.

Vous l'auez bien mieux em-
ploié en tant de questiós sub-
tiles, & tant de belles propo-
sitions dont vous vous estes
entretenus. C'est ainsi qu'en
vsoit Alexandre Seuere, qui
escoutoit volontiers durant
le repas ce qu'Vlpien & les
plus sçauans hommes de son
siecle y disoient de beau & de
recreatif, *vt haberet*, dit son
historien, *fabulas literatas.*
Car ie suis de l'auis d'Aulu-
Gelle, que les discours de

Lampridius.

L. 13. Noct.
Att. c. 11.

table doiuent estre vtiles &
agreables tout ensemble, cóme le sont ordinairement les
tables. Scipion auoit peut-
estre raison de se tenir toûjours sur le serieus au festin Appian. de
bello Hisp.
de Syphax, & de se rendre
formidable à Asdrubal iusques en ce lieu là. Mais hors
de la raison d'Estat, ou de
quelqu'autre consideration
qui nous contraigne de mesmes, il n'y a rien qui soit plus
odieus qu'vne grauité trop
gráde auec des propos pleins
d'austerité, lors qu'il est question de contenter le corps &
l'ame de nourritures qui leur
doiuent plaire, si l'on veult

qu'elles leur proffitent. Les
demandes captieuses, ou qui
peinent l'esprit, telles qu'e-
stoient celles de Tibere au
pauure Grammairien Seleu-
cus qui causerent sa ruine, &
les sophismes que proposoit
Antipater à ceus qu'il trait-
toit, ne me semblent pas pour
cela fort de saison au tems
que nous disons. Et ie trouue

Athen. l. 5.

que ce n'est pas sans raison
qu'on a repris Epicure d'auoir
fait entretenir ses couiez d'a-
tomes, de cruditez, de fieures,
& d'augures, qui sont toutes
choses eslongnées de la gaie-
té, & qui demandent plus
d'attention que n'en permettent

tent les regles du bon régime
& de la digestion. Il fault faire le mesme iugement des lectures qui estoient si commu-
nes parmi les anciens, & que
l'autheur de la vie d'Atticus
fait inseparables de ses sou-
pers. Elles sont encore loüa-
blement en vsage dans les
maisons Religieuses aus heures du repas. Et nous lisons
dans les Annales du Poëte Sa-
xonique, que Charles Magne
ne pouuoit s'en passer non
plus qu'Atticus.

Cœnanti lector recitans non
defuit vnquam,
Perque vices aliquod au-
dijt acroama.

Bb

Mais à parler generalement,
soit des propos de table, soit
des lectures qui s'y font, ie
les trouue en beaucoup de
façons preferables aus vio-
lons ou hault-bois de nos
Princes, aus Comedies des
Chinois, & aus Gladiateurs
des Romains, puis que nous
apprenons de Nicolas Dama-
scene, qu'vn si sanglant spe-
ctacle s'estoit introduit iusques dans leurs banquets. La
Musique ny les representa-
tions n'ont rien qui instruise
côme fait le discours de quelque nature qu'il soit ; & la
Comedie mesme, quoi qu'elle parle, demande vn si grand

Exc. Const.
p. 499.

appareil, qu'on ne sçauroit la
prendre pour vn diuertissement de table, ny beaucoup
moins pour l'entremets de
gens comme vous, qui s'osent
dire Deipnosophistes.

Ie ne voudrois pas condamner absolument, à vostre e-
xemple, les gousts extraua-
gans, ny les façons de faire de
Philinus , encores qu'elles
n'aient nul rapport aus mien-
nes, & que ses appetits soient
fort differés de ceus que mon
naturel me donne. Ce qui
est indecent en vn lieu, passe
pour vne ciuilité ailleurs. Et
quand ie voi dans Diego de
Torrez vn Prince Cherif, qui

c. 58. Hist.

prefere la teste d'vn ieune
Maure pour s'essuyer les
mains, à toutes nos seruiet-
tes qui n'ont garde d'estre de
si grand prix, ie suis contraint
d'accorder aus Sceptiques
que la pluspart des choses de-
pendent de l'opinion. Souuenez-vous aussi à ce propos
d'Heliogabale, qui ne se seruoit que de linge neuf, & qui
nommoit gueus & belistres
ceus qui s'amusoient à le faire blanchir ; comme Mote-
çuma, vn peu deuant la con-
queste de Mexique, eust pris
à injure si l'on eust mis deus
fois vne mesme vaisselle sur sa
table. Mais que dirons-nous,

de tous ces Heros de l'Iliade,
dont pas vn ne s'amuſe à la-
uer les mains deuant le repas,
n'y aiant qu'Vlyſſe qui obſerue cette ceremonie dans l'O-
dyſſée ſeulement ? Nous apprenons de l'hiſtoire d'vn Re-
ligieus de S. Gal, que l'Am-
baſſadeur de Charles-Magne,
penſa perdre la vie à Conſtan-
tinople, pour auoir retourné
vn poiſſon dans le plat mangeant à la table de l'Empereur Grec, parce que cette
action y paſſoit pour vn cri-
me capital. Qui le prendroit
parmi nous de la ſorte, non
plus que parmi les Romains ?
où Galba ſe contenta de dire

Quintil. l.6. c. 5.

trouuant vn poisson qui n'a-
uoit plus que l'areste du costé dont il l'auoit renuersé,
qu'il se faloit haster, puis
que les Antipodes estoient
de la partie, & qu'ils man-
geoiet le dessous des viandes.
Les Grecs beuuoient tous,
hommes & femmes, dans vn
mesme verre, auec cette sorte d'indifference que nous
pouuons remarquer encore
auiourd'hui parmi les Fla-
mans & les Hollandois. Il
ne faut pour s'en asseurer que
considerer l'action d'Ismene
Lib. 5.
dans Eustathius. Elle y boit
apres Ismenias ce qu'il auoit
laissé dans sa couppe, au mi-

lieu d'vn festin public, & en
presence de ses parens. Vous
m'auouerez qu'il n'y a point
à present de faiseur de Romans qui voulust imiter cét
excellent Autheur, faisant
faire à son Heroine vn trait
de si grande effronterie selon
nos mœurs. Pourrions-nous
souffrir sur nos tables des ga-
steaus qui eussent la figure de
ce que les femmes ont de plus
caché, comme ces *Mylli* faits
auec le miel & le sesame, qui
auoient cours par toute la
Sicile durant vne certaine fe-
ste? Et nostre estomach ne se
renuerseroit-il pas à voir seulement broüiller dans vne

taſſe du vin, du miel, du fro-
mage , de l'huille , & de la
boüillie ? C'eſtoit pourtant
vne agreable mixtion autrefois, & qui tenoit lieu de re-
compenſe à ceus qui auoient
obtenu le prix de la courſe.
En verité il faut s'eſloigner
de la delicateſſe le plus que
faire ſe peut, ne ſe rebuter de
rien trop legerement , & ſe
faire leçon de ce qu'Herodote & Strabon ont obſerué,
que les Egyptiens, de qui le
reſte des hommes ont appris
la ciuilité , ne laiſſoient pas
de manier la bouë auec les
mains, & la paſte dont ſe faiſoit le pain auecque leurs

Athen. l. 11.

L. 17. Geo-
grap.

pieds. Ie confesse bien qu'on
trouue la tourte meilleure
quand on ne la pas veuë faire. Et i'auoüe qu'il y a des
salletez par fois qui desgou-
stent merueilleusement du
boire & du manger. Mais
aussi ne faut-il pas vouloir
obliger tout le monde à suiure nos inclinations, ny se
scandaliser à table de voir faire vne saulée à quelqu'vn
moins à propos que nous ne
voudrions. Il se trouue des
personnes qui se feroient volontiers seruir comme le
grand Cam des Tartares, à M. Polo l. 2.
c. 19.
qui l'on n'oseroit porter le
moindre plat, qu'on n'ait vn

voile qui couure le nez & la
bouche pour en deſtourner
l'haleine.   Le meilleur eſt de
nous accouſtumer à ce qui ſe
practique en chaque lieu où
l'on ſe trouue, de crainte de
donner dans de ſemblables
extremitez, qui ne ſont bonnes ſouuent qu'à nous faire
de la peine.

Et parce que ie ſçai que ces
conſiderations Academiques
ne vous deplaiſent pas, ie ferai encore icy deus ou trois
petites inſtances qui regar-
dent la diuerſité des gouſts,
ſans rien repeter ſi ie puis de
ce que vous auez peu voir ailleurs de moi ſur le meſme ſu-

jet. Le pain qui se fait en
cent façons differentes, dont
chacune a ses approbateurs,
est si peu estimé des Tartares, Voiage de Goez.
qu'ils nomment le bled ordi-
nairement le manger des be-
stes, ne se nourrissant gueres
que de chair, dont tout l'apprest est souuent la mortification qu'ils lui donnent pour
l'attendrir entre le dos & la
selle du cheual. Le plus deli-
cieus manger des Abyssins est
du veau crud à la saulce de son
fiel, qui seroit vn estrange
ragoust parmi nous. L'on a Hist. des In-cas l. 6. c. 7.
trouué dans vne contrée du
Perou des peuples si contraires aus Tartares, qu'ils ne

mangent iamais de viande,
& Garcilasso rapporte qu'e-
stant pressez de le faire, ils res-
pondirent qu'ils n'estoiét pas
des chiens pour se nourrir de
la sorte. Leon d'Affrique
nous apprent qu'on ne man-
ge point du tout de rosti dans
Fez, ce qui est bien opposé
aus festins de l'Iliade, dont
nous auons tantost parlé. A
la Chine, au Bresil, dans l'Isle
de sainct Thomas, & par tout
où l'on engraisse les pourceaus auec des cannes de su-
cre, leur chair est la plus sauoureuse, & mesmes la plus
saine de toutes, de façon
qu'on n'en ordonne gueres

d'autre aus malades. Celle
de Chameau , fi nous en L. 3 c. 3.
croions Marc Polo, a le mefme auantage dans l'Ifle de S.
Laurens ou de Madagafcar.
Il faut tenir pour affeuré que
les Acridophages de Diodore trouuent les fauterelles ex-
cellentes ; & ces Macrobies
dont parle Pline, les viperes L. 7 c. 2.
dont ils fe nourriffent, & qui
les preferuent de toute ver-
mine. Mais où ne nous portent point les defreglemens
de la bouche, ou pluftoft de
la fantaifie? Le fils d'Efope le Val. Max l.
Tragique ne fe pouuoit fatis- 7. c. 1.
faire s'il n'auoit fa table cou-
uerte de Roffignols, ou d'au-

tres oiseaus qui approchent
de l'excellence de leur chant,
& qu'il acheptoit pour cela
tres-cherement. Les delicats

L. 3. qu. nat.
c. 17. & 18.

de Rome, du tems de Sene-
que, ne mangeoient pas volontiers de beaucoup de pois-
sons, s'ils ne les auoient veus
en vie; & leur ventre n'estoit
pas content d'vn Barbeau,
quoi qu'ils l'estimassent infiniment, si la veuë ne s'estoit
satisfaite la premiere, en ob-
seruant le changement de
couleurs qu'il prenoit palpi-
tant auant que de mourir.
Ils ont creu, & plusieurs auec
eus, qu'on estoit beau sept
iours durát apres auoir man-

gé du Lievre, ce qui le leur
faisoit affectionner. La seule
friandise de Rachel l'obligea
de ceder son lict à sa sœur Lia
pour y coucher auecque Ia-
cob, en recompense de quelques pommes de Mandrago-
re, dont celle-ci fit present à
la premiere. Et ce Corin-
thien qui vendit vne tres-
bonne succession à quelqu'vn
de ses camarades pour vne
tarte bien emmiellée, selon
l'vsage d'alors, monstra bien
que les hommes n'ont pas
moins de cette sorte d'intem-
perance que les femmes.
Nous prenons de mesmes des
auersions qui ont encore

Ioseph. ant.
Iud. l. 1. c. 18.

Athen. l. 4.

moins de fondement que ces
enuies defreglées. Les Ame-
ricains de Canada s'abftien-
nent de manger le cœur des
animaus , s'imaginans que
cela feul eft capable de les
faire tuer par leurs ennemis.
Et les femmes ou filles du
mefme endroit n'oferoient
goufter d'vne tefte de bro-
chet, de peur de n'auoir point
d'enfans , comme fi c'eftoir
vn morceau capable de les
rendre fterilles. Ie pourrois
porter ce difcours bien plus
loin par de femblables exemples, s'il ne commençoit à deuenir plus long que ie ne m'e-
ftois propofé.

Or

Relat. Ief. de
l'an 1636.

Or cette grande varieté de
goufts & de fentimens pour
ce qui concerne la table, fait
affez connoiftre que la bonne
chere n'a rien de determiné,
& que felon nos premieres
coniectures le meilleur appreft de viandes eft celui de
la faim, qui ne nous en prefente point que d'agreables.
Le voulez-vous bien fçauoir.
Offrez du pain noir & dur à
l'vn de nos delicats, il le rejet-
tera fans doute, & vous dira
le mot de cét ancien railleur,
que c'eft l'ombre de quelque
pain pluftoft qu'vn pain veritable que vous lui donnez;
ou il fe plaindra peut-eftre ^Athen.l. 6!

C c

comme cét autre moqueur,
qu'auec vne chofe fi obfcure
il femble que vous veuilliez
faire venir la nuict deuant le
temps. Cependant la faim
le portera bien toft à changer
de langage, fi vous pouuez
trouuer le moien de la laiffer
paffer dans fon eftomach; *pa-*
nem illum tenerum & filigi-
neum fames reddet, dit Seneque; & vous verrez qu'il con-
feffera n'auoir iamais trouué
de pain meilleur, quelque
blanc & tendre qu'il ait efté,
parce que l'appetit lui aura
affaifonné celui-ci. L'accou-
tumance en fuitte eft celle
qui contribuë beaucoup à

Ep. 124.

nous rendre agreable tout ce
qui peut seruir à nostre nourriture. Iacques Hallius dit Ind. Or.
part. 11.
p. 201.
dans sa relation, qu'il fut fort
estonné de voir les hommes
de Groenland qui beuuoient
l'eau de la Mer auec plaisir,
& qui s'en portoient bien. Si
nous n'auions quitté le gland
il nous paroistroit encore de
tres-bon goust. Les Serpens
sont des mets delicieux en
beaucoup de lieux. Et le reste des animaus monstre assez
ce que peut l'vsage en cela,
puis que pour nous con-
tenter de ce seul exemple,
les Vaches d'Islande au def- Ib. p. 200.
faut de fourrage sont nour-

ries par ceus du païs auec du
poiſſon, & qu'elles rumiẽt
comme les meilleures herbes
d'vn pré. O le grand auantage que c'eſt d'acquerir autant qu'il eſt poſſible l'indifference des viures, & d'habi-
tuer ſõ venue à qiner profit
de toute ſorte de mets. L'I-
talien obſerue dans vne de ſes
façons de parler, qu'on n'a
iamais veu de Cheure morte
de faim, parce qu'elle broute
tout ce qu'elle trouue. Et il
ſe voit par effect qu'il n'y a
point de gens qui paſſent
mieus la vie que ceus qui
mangent de tout, comme il
n'y a point de plus grande

seruitude que celle de la bouche depuis qu'elle nous mai-
strise, ou pour vser du mot
qui semble estre deu à sa gouf-
mandise, depuis qu'elle nous
gourmande, *magna pars li-* Sen. Ep. 124.
bertatis est bene moratus ven-
ter, & contumeliæ patiens.

C'est donc mon opinion
que la bonne chere est de
tous escots, pourueu que
nous y contribuions la disposition requise de nostre part.
Elle ne se trouue pas toûjours
dans l'abondance, souuent vn
apprest mediocre lui suffit; &
il faut pour la faire que celui
qui la prepare, & ceus qui
sont cause qu'il prent cette

pene, y mettent efgallement
du leur. S'il n'y a communi-
cation d'efprits auffi bien que
de viandes, ce fera pluftoft vn
affouuiffement brutal, qu'vn
repas d'hommes raifonna-
bles. Et fi la table ne nous
vnit de volontez auffi bien
que de corps par vne mutuel-
le bienveillance, nous n'y ferons iamais que tres-mau-
uaife chere quelque bien fer-

Ecclefiaftes
Cap. 7.

uie qu'elle puiffe eftre, _melius_
eft vocari ad olera cum chari-
tate, quam ad vitulum fagi-
natum cum odio. Polybe dit,
que c'eftoit vne couftume fi

Exc. Conft.
p. 108.

ordinaire parmi les Bœotiens
de laiffer par leur teftament

vn festin annuel à leurs amis,
que beaucoup d'entre-eus
auoient plus de repas acquis
par là, qu'il n'y auoit de iours
au mois. A moins d'estre asseuré de trouuer des amis selon l'intention du Testateur,
i'eusse librement renoncé au
legs testamentaire. Et ie
croi qu'vn homme d'humeur
vn peu particuliere & qui aime le repos, preferera tous-
jours son petit ordinaire à des
banquets si frequens & si tu-
multueus, qu'estoient vrai-
semblablemét ceus des Bœotiens. Car parce que nous
sommes vn composé de deus
parties, il n'est pas possible

que l'vne soit parfaittement
contente sans l'autre, & ie
suis mesmes de cét auis, que
ce qui touche la superieure
est tousiours sans comparaison plus important que le reste. C'est pourquoi l'on ne
pourroit peut-estre mieus definir la bonne chere, s'il en
faloit venir iusques-là, qu'en
disant qu'elle est vn repas pris
auec appetit, & auec satisfaction du corps & de l'esprit.
Ceus qui la considerent autrement sont sujets à se trouuer bien loin de leur compte,
& à rencontrer beaucoup
d'amertume où ils ne cher-
choient que de la douceur &

du plaisir. Nous auons des
vers d'Antiphane qui sont
faits pour prouuer qu'il n'y a
point de biens certains ny veritables, que ceus que la bouche renferme, à cause que
tous les autres nous peuuent
estre ostez. Vn Alexis Poëte
Grec comme le precedent,
veult que nous ne reconnois-
sions pour pere & mere tout
ensemble que nostre seul
ventre ; & il n'y a que trop
de personnes auiourd'hui, qui
semblent n'auoir point d'autre Dieu que celui-là. A leur
dire le Peintre Timothée n'a
iamais representé de si belle
tempeste que celle d'vn cour-

Athen. l. 3. 4.
& 8.

boüillon. Et fi vous deferez
à leur iugement, conforme à
celui de Philoxene , la plus
agreable de toutes les eaus
fera celle dont on fe laue les
mains pour fe mettre à table.
Ce n'eſt pas merueille que
des gens de cette trempe ne
fongent qu'à ce qui eſt purement materiel. Mais il s'en
faut infiniment ie m'aſſeure,
que vous vouluſſiez deferer à
de ſi prophanes fentimens.
Les voſtres veritables me
font trop connus, pour douter de ce que vous penfez de
la bonne chere. Et ie vous
prie auſſi de croire, que toutes mes reflections fur le trait-

tement que vous fit Apicius
vont plus à vous complaire
par mon obeiſſance, qu'à
vous contre-dire par vne fan-
taiſie particuliere. Ce que
i'ay trouué de moins à mon
gré en tout ſon procedé ne
m'empeſchera pas de le loüer
du bon exemple que vous dites qu'il vous dovnoit, & de
n'auoir pas fait comme ceus
de Canada, qui ne mangent
iamais lors qu'ils feſtinent
leurs amis, & qu'ils leur font
faire *Tabagie*, pour vſer des
propres termes du païs, s'a-
muſant à diſcourir ou à chanter durant tout le repas. Si
le maiſtre de la maiſon où il

se prend ne se met des premiers dans le bel vsage de ses
biens, il est tres-difficile qu'ils
contentent parfaittement le
reste de la compagnie ; ny
qu'on en tire cette pleine satisfaction , qui paroist dans
l'escrit que vous auez voulu
que i'examinasse auec ma
franchise accoustumée.

DE LA LECTVRE
DES LIVRES,
ET DE LEVR
COMPOSITION.

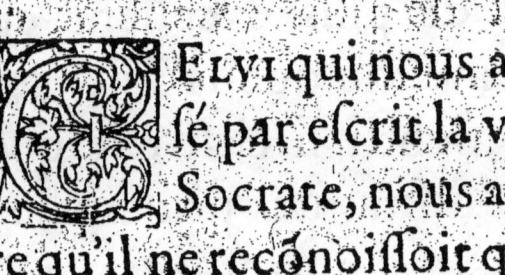 E L V I qui nous a laif-
fé par eſcrit la vie de
Socrate, nous aſſeu-
re qu'il ne reconoiſſoit qu'vn
ſeul bien, & vn ſeul mal en ce
Monde, dót le premier eſtoit
la ſcience, & le ſecond l'ignorance. Le Philoſophe Heril-
lus eſtoit du meſme ſenti-

ment , puis que nous lifons
dans le quatriefme liure des
queftions Academiques, qu'il
mettoit le fouuerain bôheur
de la vie dans la connoiffance
des chofes. Et l'autheur de

L. 1. de Nat.
Dcor.

ce bel ouurage fait dire en vn
autre endroit au Stoicié Bal-
bus, qu'on ne peut riens imaginer de plus excellent en
Dieu mefme que la Science.
Sans mentir fi c'eft elle qui
nous diftingue principalement des autres animaus,
d'où vient qu'on nomme les

A. Gell 1 13.
Noct. Att c.
15.

lettres humaines, & que nos
premieres eftudes s'appellent
des humanitez, il femble que
nous ne fçaurions trop l'efti-

mer ; & il y a mefmes lieu de
fouftenir que nous fommes
en quelque façon d'autant
plus hommes , fi l'on peut
ainfi parler, que nous fçauons
dauantage, & que nous auós
plus d'intelligence que les
autres ; comme il n'y a rien
qui nous approche tant de la
befte que l'ignorance. C'eft
pourquoi les Grecs ont pro-
noncé hardimét tantoft que
ceus qui fçauoient les lettres
voyoient le double des autres,

Διπλᾶν ὁρῶσιν οἱ μαθόντες γράμματα,

tantoft que celui qui manquoit de cét auantage, ne
voyoit goutte lors mefmes

qu'il croyoit voir le plus
clair,

Ὁ χαμμιάτων ἀπειρὶς, ὲ βλέπι βλέπων.

Et c'est encore le fondement
de cette notable sentence de
Platon, qu'il n'y a pas moins
de difference entre vne personne sçauante & celle qui ne
l'est pas, qu'entre le Medecin
& le malade : Aristippe disoit
qu'entre vn cheual dressé, &
celui qui est indomté : Aristote, qu'entre vn homme viuant, & vn mort : Et Dema-
des, qu'entre vn Dieu, & vn
homme. Finissons ce petit
eloge de la science par le prouerbe Arabique, qui porte
qu'vn seul des iours d'vn
homme

Adag. Arab.
55.

homme docte vault mieux
que toute la vie d'vn idiot,
lequel n'a nulle teinture d'e-
rudition, ni de ce qu'on nomme ordinairement dans l'Eschole, Discipline. אבאר אתה

Si est-ce que les premiers
hommes en connoissance de
tous les siecles nous ont souuent fait peur de la science, &
nous l'ont representée comme la plus vaine & la plus
trompeuse de toutes les oc-
cupations que nous pouuons
prendre. N'est-ce pas la leçon que nous fait le Predicateur Hebreu, qui auoit ioint
à la couronne d'Israël vne
science infuse de tout ce que

Cap. 1

Dd

418 *De la lecture des Liures,*
noſtre humanité eſt capable
de ſçauoir des choſes natu-
relles. Il dit qu'il n'a trouué
qu'affliction d'eſprit en tout
cela ; que la Sageſſe eſt touſ-
jours accompagnée de deſ-
pit ; que plus on acquiert de
ſcience, plus on ſe prepare de
ſuiets de mortification, ou de
douleur ; & dans vn autre en-
Eccleſiaſt.c.
21. droit, que la doctrine eſt vne
entraue aus pieds d'vn ſot, &
comme des menottes miſes à
ſa main droitte. Vne des pro-
pheties de Hieremie veult
que la ſcience nous renuerſe
Cap. 10. à tous l'eſprit, *Stultus factus*
eſt omnis homo à ſcientia ſua.
Cap. 29. Eſaye declame contre la do-

trine des hommes , adjou-
ftant que Dieu confondra la
science des Sages auec l'intelligence des sçauans. Et
sainct Paul qui se sert de ce
texte n'a rien reperé si souuent aus Fideles , que de se
prendre garde de cette belle
science qui est pleine d'artifice , qui nous enfle d'arro-
gance , & qui neanmoins
n'est qu'vne pure folie deuãt
Dieu. Ie sçai bien que Cle- L. 7. Strom.
ment Alexandrin interprete
fauorablement pour la mesme science , le mot d'enfler
dont l'Apostre s'est serui, &
qu'il s'efforce de mõstrer par
quelques autres passages de

D d ij

l'Escriture, comme l'enflure
se prent assez souuent en bonne part. Mais outre que c'est
vn sentiment particulier de
ce Pere, les inuectiues continuelles de Sainct Paul contre
les sçauans, & sur tout dans la
premiere Epistre aus Corin-
thiens, où il oppose, comme
le bien au mal, la science qui
bouffit à la charité qui edifie,
ne nous permettent pas de
suiure d'autres explications
là dessus que la commune. En
effect l'ame non plus que le
corps ne peut tomber dans
l'enflure, que ce ne soit vn in-
dice certain de mauuaise disposition , & c'est vn terme

Cap. 8.

qui porte toufiours auecque
foy quelque mauuaife fignification. Mais voyons fi les
autheurs prophanes ont eu
meilleure opinion de la fcié-
ce que les facrez. Certes nous
trouueronsque les plusgráds
Philofophes d'entre les premiers n'ont pas fait de moindres leçons à leurs Difciples
de la belle façon d'ignorer,
que de celle de fçauoir ; &
qu'ils ne leur ont pas plus re-
commandé la Doctrine, que
l'Ignorance. Ie laiffe à part
les Sectes entieres de ceus qui
faifoient vne profeffion particuliere de hair toute forte
de difciplines , comme les

Epicuriens; ou de douter de
tout & de ne rien comprendre, comme les Sceptiques,
& la meilleure partie des
Academiques. Heraclite qui
philofophoit à fa mode , &
auec independence, prononça hardiment que la grande
literature ne donnoit pas le
bon efprit ni le iugement,
Diog. Laërt. πολυμαθια νόον ου διδασκι. Hippon furnommé l'Athée , fouftient
dans Athenée, qu'il n'y a rien
Lib. 13. de fi vain que cette doctrine
diffuse & eftenduë dont on
fait tant de cas , πολυμαθημοσυνης τ
ου κρατεειν ουκ. Anaxarchus vfoit
de ces termes dans fon liure
de la Roiauté, felon que Cle-

ment Alexandrin les rappor- L. 1. Strom.
te, que fi la fcience nous eft
auantageufe d'vn cofté, elle
ne nous eft pas moins preiudiciable de l'autre. Et Ariftote qui paffe pour le Coryphée
des Dogmatiques, n'a pas
laiffé d'auoüer franchement
que la grande connoiffance In Rhetor.
engendroit les grands dou-
tes, & que celui qui fçauoit
le plus, eftoit encore celuy
qui auoit dauantage d'irre-
folution, *qui plura nouit, eum*
maiora fequuntur dubia. Que
s'il fault que nous adiouftiós
noftre fuffrage à celui de tant
de grands perfonnages, nous
ferons contrains d'auoüer,

soit en faisant reflexion sur
nous-mesmes, soit par la consideration de ceus qui sont
dans la plus haute estime parmi les sçauans, que nos plus
profondes estudes ne sont bô-
nes souuent qu'à nous faire
mieus reconnoistre nostre
ignorance , parce qu'elles
nous en descouurent les tiltres , & qu'au lieu que les autres hommes ne la souffrent
que comme vne pure priua-
tion, elles nous la font remarquer comme ie ne sçai quoi
de positif. Nous montons de
branche en branche à la façon des Singes sur l'arbre de
la science, & puis nous mon-

trons à nud ce que nous auős
de plus honteus, qui eſt à mõ
auis cette naturelle ignorance dont nous parlons. Les
lettres que nous apprenons
auec tant de peine dans les
Colleges, nous deuiennent
auſſi inutiles qu'à Palamedes;
& cette Minerue que nous
cultiuons auec de ſi grands
ſoins, n'eſt bonne ordinairement qu'à diminuer nos propres forces ſelon ſon etymo-
logie latine. Combien y a-
t'il de perſonnes qui penſent
poſſeder des ſciences, au lieu
que ce ſont elles qui comme
autant de mauuais Demons
les poſſedent & les agitent.

Cela me fait souuenir de ceus
dont parle le mesme Euesque
L. 6. Strom. d'Alexandrie que nous auons
desia cité par deus fois, qui
rendoient le Diable autheur
de la Philosophie : Et du souhait que fit vn autre qui con-
testoit contre vn homme de
grande literature, en lui disant, Dieu vous face la grace
de deuenir moins sçauant.
Certes à considerer le sçauoir
humain de la sorte, on peut
dire que ce fabuleus Helicon
ne produit pas seulement à
nostre ruine la plante qui tuë
les corps de sa seule odeur,
Lib 6. cóme Lucrece l'asseure, puis
que tant d'arts & de discipli-

nes differentes qui croissent
dessus, sont encore plus à
craindre pour nos ames.

On peut accommoder deus
oppinions si opposées l'vne à
l'autre en establissant cette
maxime, qu'encore que la
Science soit la plus estimable
de toutes nos possessions à la
considerer separément & en
elle-mesme, il arriue pourtant assez de fois que par la
faulte de ceus qui n'ont pas la
vigueur d'esprit requise pour
en bien vser, cette mesme
science leur est plustost preiudiciable qu'autrement. Les
Espagnols ont vn prouerbe
exprés pour cela, *la sciencia*

es locura, si buen seso no la cu-
ra, qui respond a cette Sentence parœmiale des Grecs,

Ὡς οὐδὲν ἡ μάθησις, ἢν μὴ νοῦς παρῇ·

Quam nihil est eruditio, nisi
mens adsit.

Comme il y a des personnes
a qui les meilleures viandes
ne proffitent de rien, parce
que leur premiere constitution les oblige a estre tous-
jours hectiques: Il en est d'autres que le naturel rend si mal
propres à l'estude, qu'ils ne
tirent nul proffit de ce qu'ils
apprennent. La Doctrine est
vn aliment spirituel qui suf-
foque s'il n'est digeré. Et de
mesme que le corps se conser-

ue en santé par vne nourriture proportionée a ſes forces;
les facultez de noſtre ame ſe
conſeruent dans leur actiuité
par le moyen de la ſcience,
pourueu que nous la puiſ-
ſions conuertir en noſtre ſubſ-
tance, & qu'au lieu d'eſtre
poſſedez par elle, nous en
ſoions les maiſtres & la re-
gentions, *principium ſapien-
tiæ, poſſide ſapientiam*, dit le
Sage. C'eſt pourquoi il ne
deuroit pas eſtre permis in-
differemment à tout le monde d'eſtre du meſtier des Muſes; & s'il eſtoit autrefois deſ-
fendu en quelques lieus d'im-
moler vn Veau à Diane, ie

Ariſt. rhet. ad
Alex. c. 1.

Prou. c. 4.

Cic. l. 2. de
Inuent.

dirois volontiers qu'on ne
deuroit iamais mettre à l'E-
ftude ceus à qui l'on donne
vulgairement le nom de cét
animal, ni appliquer aus
fciences des perfonnes qui
n'ont pas le Genie propre à
s'en preualoir. Qu'eftoit-il
befoin que ce Nonnus dont
parle Suidas, apprit fix fois

in voce Sa-
luftius.

par cœur tout Demofthene,
puis qu'apres tant de pene
il ne pût iamais dire trois
mots a propos, tant s'enfault
qu'il prift la moindre teinture d'eloquence, en lifant ce
grand Orateur? Pour ce qui
touche en particulier la Philofophie, l'on a toufiours fou-

stenu que les paroles du texte sacré qui semblent la condamner, ne vont que contre
celle qui auoit de mauuais
principes, comme l'Epicu-
rienne, quand elle nioit la
Prouidence diuine. Et Cle-
ment Alexandrin, s'il m'est
permis de l'alleguer encore
icy, compare gentiment
ceus à qui la Philosophie
Grecque faisoit peur, aus petits enfans qui craignent les
tenebres, ou qui apprehendent les Lutins. Il est certain
que la Payenne a eu ses erreurs, comme la Chrestien-
ne les heresies. Mais cela n'o-
blige pas a les rejetter absolu-

1. 1. ftrom. &
1. 6.

ment, puifque nous les pouuons fanctifier en cenfurant
ce quelles ont d'impur & de
fcandaleus, *iuftus in æternum*
non commouebitur, nec ab au-
ditione mala timebit, pour appliquer a noftre propos, comme fait ce Pere, cét endroit
du Pfeaume de Dauid. Tant
y a que generalement par-
lant c'eft a nous feuls a qui les
mauuais effets de toutes les
fciences doiuent eftre impu-
tez lors qu'ils arriuent, fi
nous ne voulons accufer le
vin des defordres qu'il caufe,
au lieu de côdamner celui qui
le boit indifcrettement quoi
qu'il ne lui foit pas propre.

La

Pfal. 115.

La Doctrine eſt vn ſceptre,
ou vne marotte, ſelon l'addreſſe des mains qui s'en doiuent ſeruir.

Voila ce que ie me ſuis
creu obligé de vous dire
auant toute choſe, pour vous
tirer de la perplexité où ie
vois que vous ont jetté les diuers ſentimens de ceus qui
vous exhortent au trauail
des hommes de lettres, & des
autres qui vous deſtournent
auec tant d'animoſité du
cours de vos eſtudes. Pour
reſpondre en ſuitte aus deus
points dont vous deſirez que
ie vous diſe mon auis, ie com-
mencerai par ce qui concer-

E e

ne la lecture des liures, & puis
nous viendrons au deſſein
que vous auez de vous rendre recommandable par la
compoſition de quelque ouurage de valeur, & qui puiſſe eſtre de conſideration à la
poſterité.

Quant à la premiere par-
tie, ie ne doute point que
vous ne reſſentiez en l'âge où
vous eſtes vn extreme tranſ-
port & auidité d'eſprit pour
toute ſorte de connoiſſances.
Comme la matiere premie-
re, qu'Ariſtote compare fort
ſouuent à noſtre entende-
ment, a vn appetit naturel de
toutes les formes reelles &

sensibles, l'esprit humain est
porté d'vne mesme inclina-
tion vers le general des sciences, qui sont des formes in-
telligibles. Et ce qui rend
plus grand ce mouuement
Physique, c'est qu'il est tous-
jours accompagné de plaisir.
Car parce que nous desirons
tous de sçauoir & de nous instruire, dont l'amour de nos
sens, & sur tout de celui des
disciplines, est vn tesmoignage certain, il ne se peut faire
que nous n'apprenions auec
beaucoup de contentement,
d'autant qu'il n'y a point d'ac-
complissement de desir naturel, qui ne se face tousiours

auec quelque forte de volupté. Mais les belles ames font celles fans doute que cét inftinct touche le plus, à caufe de l'amour de la verité qu'elles ont plus ardent que les autres, ce qui les oblige à la rechercher par le moyen des fciences, n'y en ayant point de plus affeuré que celui-là. Et certes fi nos yeux font capables de nous donner tant de fatisfactions que nous gouftons a toute heure; & fi nous efprouůons tant de douceur a voir d'vn lieu tranquille l'agitation de ceus qui fouffrent les tourmentes de la Mer. Combien deuons-

nous ressentir de plus sensibles plaisirs de la veuë intel-
lectuelle, & de cette ioye se-
crette qui naist de se voir
exempt de tant d'erreurs &
de tempestes spirituelles, qui
affligent nuict & iour le reste
des hommes qui sont encore
dans l'ignorance. Il ne fault
pas neantmoins que nous
nous abandonnions aueuglement à cette impetuosité de
connoistre & d'apprendre.
L'estude a ses regles, & ses
bornes, aussi bien que les autres exercices; & elle ne peut
estre bonne, si elle ne se fait
par ordre, & si nous ne nous
y conduisons auec methode.

Car il importe merueilleusement de quelle façon les
choses entrent & prennent
place dans noſtre Eſprit, ne
fuſt-ce qu'à cauſe qu'elles
n'en ſortent jamais que con-
fuſément, ſi elles y ſont in-
troduites en deſordre, & ſi
elles ſe brouïllent dans leur
premier eſtabliſſement. Il
fault imiter l'Abeille qui ne

Ariſt. l.9. de
Hiſt. anim.
Cap. 40.

porte iamais que le ſuc de la
Roſe, ou de la Violette, ſans
confondre les ſubſtances, à
chaque fois qu'elle va faire
ſes prouiſions. Or ie ſçai bien
que vous ne demandez pas
icy vne inſtruction particuliere de ce qui concerne, ſoit

le progrez des ſciences, ou
leur liaiſon & encyclopedie;
ſoit la connoiſſance des bons
autheurs. Le nombre des
traittez qui ſe voyent touchant cette matiere va preſque à l'infini. Et comme on
dit qu'il y a bien plus de Docteurs que de Doctes ; il ſe
trouue auſſi beaucoup plus
de directeurs en cela, & de
perſonnes qui enſeignent les
voyes qu'il fault tenir pour
bien & vtilement eſtudier,
qu'il ne s'en rencontre qui
les ayent eus meſmes ſuiuies,
& qui ſe ſoient preualus des
preceptes qu'ils donnent aus
autres, en les prattiquant. Ie

me contenterai donc de vous communiquer succinctemét quelques penſées reduittes en forme d'aphoriſmes, que ie m'imagine qui vous pourront eſtre de quelque vſage ſur ce ſuiet.

Il fault que ie me reioüiſſe d'abord du grand naturel que vous apportez à l'eſtude, qui fera qu'auec l'attention que vous ioindrez à cét auantage, vous n'y trouuerez pas toutes les difficultez que d'autres y eſprouuent. | Antiſthene auoit ſouuent ce mot dans la bouche, qu'il faloit faire prouiſion de ſens pour entendre, ou d'vn licol pour ſe pendre.

Plutar. con-
tr. des Stoi.

Ie m'empescherai bien, dans
le conseil que ie vous dois
donner, d'aller iusquesàvne
si vicieuse extremité. Mais ie
vous dirai pourtant qu'il
vaudroit beaucoup mieus
s'appliquer à toute autre
chose qu'aus lettres, si nous
ne nous sentons assistez du
Genie qu'elles demandent,
& si nous ne possedons cette
pointe d'esprit, ou cette lumiere seche d'Heraclite, qui
fait qu'on surmonte facilement ce qu'elles ont d'obs-
cur, & de penible.

L'aage vn peu auancé où
vous estes ne vous doit ni des-
courager, ni faire precipiter

dans la belle carriere que
vous commancez. Il n'y a
point de temps dans la vie auquel il ne soit honneste d'acquerir de la science, disoit Seneque allant fort vieil escouter assidument vn Philosophe dans sa classe. On a escrit
de Solon qu'en mourant il
leua la teste pour escouter, &
s'instruire de quelque chose
dont on l'entretenoit. Socrate voulut apprendre la veille
de son dernier iour des vers
lyriques de Stesichore qu'vn
Musicien chantoit. Et l'on a
obserué que Platon auoit les
Mimes ou sentences de So-
phron sous la teste en expi-

Ep. 77.

rant aagé de quatre-vingt &
vn an. Qui n'a point leu dans
Ciceron comme Caton l'aif-
né eſtoit fort vieil lors qu'il
voulut ſçauoir le Grec ? &
comme il ne pouuoit s'em-
peſcher de lire touſiours
quelque liure en plein Senat,
cependant que toute la compagnie s'aſſembloit ? Ie vous
exciterai peut-eſtre dauantage par deus exemples recens.
Sainct Ignace, fondateur
d'vne ſi ſçauante Societé,
auoit trente trois ans quand
il ſe mit à l'eſtude, & n'acheua
ſa Grammaire qu'a trente
cinq dans Barcelone, d'où il
paſſa en l'Vniuerſité de Alca-

L. 4. Acad.
qu. & l. 3. de
Fin.

Thua. l. 23.
Hiſt. & San-
doual l. 24.
Hiſt. ſect.
vlt.

L. 3. de con-
sol.

la. Et Cardan auoüe lui-mesme qu'à dix-neuf ans il ne sçauoit point de Latin, de sorte qu'il ne fut reçeu Medecin qu'à quarante.

Puisque les Arts où nous aspirons sont nommez liberaus, il ne s'y fault pas assuiettir seruilement, mais en hommes libres. Ce n'est pas moins faillir de trop estudier, que trop peu. On a dit autrefois d'vn homme excessiuement addonné à la Chasse, qu'il ne viuoit pas, mais qu'il chassoit; nous pouuons asseurer que beaucoup estudient de mesmes plustost qu'ils ne viuent. Ie sçai bien

que les Muses ne font estat
que de ceus qui les aiment
auec passion : Qu'Archimede
eut plus d'apprehension de
voir effacer les doctes figures
qu'il traçoit sur le sable, que
de perdre la vie à la prise de
Syracuse dont il ne s'apper-
ceut point : Et que Carneade
ne se souuenoit pas de manger à table pour mediter, si
sa chere Melisse l'interrom-
pant de la main, ne l'eust contraint d'acheuer ses repas :
Mais cette ardeur si louäable
& si necessaire pendant nostre application, n'empesche pas que nous n'vsions
par fois de remise. Ces filles

446 *De la lecture des Liures,*
de Mnemosyne, dont nous
venons de parler, ne chan-
tent pas tousiours, elles donnent vne partie de leur tems
tantost aus festins, & tantost
à la danse, *amant alterna Ca-*
mænæ. Et comme Lucien
soustient que la relasche que

L. 1. ver.
Hist.

prenoient les Athletes de son
temps, estoit la principale &
plus importante partie de
leur exercice, μέρος ἡ ἀσκήσιος τὸ
μέκσον, on ne se trompera jamais
de maintenir que la recrea-
tion & le diuertissement ne
sont pas moins necessaires à
l'estude, que la grande ardeur & l'extreme contention
d'esprit. Seneque blasme

auec raison vn certain Por-
tius Latro, d'auoir eû si peu
de pouuoir sur soi, qu'il ne
pouuoit ni laisser ni reprendre ses liures.

Praef. ad lib.
contr.

Ce n'est pas à dire qu'il ne
faille tirer tous les iours quelque ligne au moins, aussi
bien qu'Apelle. L'esprit n'a
pas moins besoin d'alimens
continuels que le corps. Et le
mestier de ceus qui cultiuent
les sciences est tel, que si l'on
n'auance, on recule, *qui non
proficit, deficit;* comme il arriue à ceus qui vont contre le
cours de l'eau, ou qui s'effor-
cent de grauir sur quelque
lieu fort droict & fort hault,

ils ne sçauroient s'arrester
tant soit peu sans dechoir, *eis*
non progredi, est regredi. Tant
de choses s'escoulent tous les
iours de nostre memoire, que
si nous ne reparons d'ailleurs
ce qui se pert, de la mesme façon, dit Platon, qu'on rem-
plit vn vaisseau qui ne conserue pas bien les liqueurs,
nous nous trouuons bien-
tost à sec & sans connoissance. C'est ce qui fait tant con-
sommer d'huile à ces Stu-
dieüs que les Grecs nom-
ment λυχνόβιοι; & ce qui les empesche, comme vn Estieus
Ponticus dans Athenée, de
voir jamais leuer ni coucher
le

L. 5. de lg.

L. 6. deipn.

le Soleil. Mais on se peut de-
lasser l'Entendement par des
varietez qui ne laissent pas
d'estre vtiles. Il se iouë auec
les choses faciles, & se remet
de la pêne que d'autres plus
serieuses lui ont auparauant
donnée. Et par la mesme raison que les laboureurs ra-
fraischissent leurs terres en
changeant la graine qu'ils y
sement, sans les laisser inutiles ; les obiets differents & les
meditations diuersifiées ont
souuent le pouuoir de repa-
rer les forces de l'ame, & de
remettre en vigueur vn esprit fatigué.

Ce changement n'empes-

chera pas que vous n'ayez
tousiours vn principal objet,
où vous rapporterez toutes
vos veilles, & vers lequel
vous irez d'vn pas ferme &
reglé. On n'auance pas chemin en voltigeant, ni en fai-
fant des courfes efgarées.
Mais gardez-vous bien de
quitter celui qu'on nomme
Roial, pour fuiure des fen-
tiers particuliers qui paroiffent plus courts d'entrée, &
qui nous efgarent à la fin. Le
grand chemin des fciences fe
trouue dans les autheurs claf-
fiques dont on a fait de tout
temps eflection, & qui vous
conduïront feurement par le

Ciel & par la Terre sans que
vous couriez fortune de vous
perdre.

Ne vous proposez pas de
sçauoir plus que les autres,
mais seulement de sçauoir
mieus qu'eus, si faire se peut,
ce que vous estudierez. Chacun à sa Sparte, l'importance
est de deuenir l'vn de ses principaus ornemens. Les The-
bains emporterent autrefois
l'honneur du jeu des flustes;
ceus de Metelin furent repu-
tez les plus adroits à toucher
la harpe qui fussent dans toute la Grece, & les Eginetes
passerent pour les plus soup-
ples & robustes Athletes ou

Menander
Rhet. l. 1. de
Gen. dem.
c, 16.

Luicteurs qu'elle euſt. La ville d'Athenes ſe vantoit auſſi
de donner au monde les
meilleurs Peintres & Scul-
pteurs qu'on y veiſt : Celle de
Crotone de fournir les plus
ſçauans Medecins : Et c'eſtoit
recōmander aſſez vn Gram-
mairien, ou vn Geometre, de
dire qu'il eſtoit d'Alexandrie. Voila pourquoi le nombre des Muſes eſt ſi grand.
Nous pouuons donc recher-
cher les bonnes graces de celle qui nous plaira dauantage;
mais il fault faire tous nos efforts en ſuitte, pour obtenir
la place de faueur, & d'eſtime
entre ceus qui la ſeruent.

Que vos lectures soient
toufiours accompagnées de
meditation; & faites en forte
que les reflexions que vous y
formerez vous puiffent eftre
vtiles à l'auenir. Il fault pour
cela que vos efleuations d'efprit reffemblent au vol de
l'Efperuier, pluftoft qu'à celui de l'Alouette. Le premier
gangne le hault de l'air pour
defcouurir pays, & fondre
fur fa proye quand il en eft
temps. L'autre ne s'efleue
que pour s'efgayer, & toute
fa courfe aboutit à vne pro-
menade inutile. Ne doutez
point que vous ne trouuiez
par ce moyen dans les liures

des choses que plusieurs n'y
ont jamais apperçeuës. Ce
sont des campagnes, selon
l'imagination de Seneque,
ou le bœuf rencontre de
l'herbe, le chien des lieures,
& la Cigogne des serpens.

C'est vn grand secret de
receüillir soigneusement de
certaines pensées singulieres
qui se presentent à nostre
imagination en lisant, & d'en
estendre le raisonnement au
plustost, parce qu'on les pert
pour jamais si l'on n'vse de
cette diligence. Vn homme
d'estude ne sçauroit amasser
de plus precieus thresor, puis
qu'il est tout de son reuenu,

Ep. 108.

& qu'il n'en doit rien à perfonne. Vous voyez bien que
ie ne parle pas de ces lieus
communs qui fe font à l'ordinaire , & qui contiennent
fimplement les fentimens
d'autrui, ou la belle façon
que chacun a de s'expliquer.
Comme il eft bien aifé de re-
ceuillir les pierres remarqua-
bles , auec l'agreable coquil-
lage que la Mer iette fur fon
riuage ; & fort difficile de
plonger au fonds pour en arracher le Corail, ou pour y
chercher des Conques qui
donnent les perles de paran-
gon. Il ne fault pas grande in-
duftrie, ni beaucoup de tra-

uail non plus, à reünir fous
de certains tiltres les fenten-
ces de diuers liures tellesque
tout le monde les conçoit
d'abord. Mais peu de perfonnes fçauent penetrer iufques
au fens caché des grands Autheurs, & il y en a beaucoup
moins encore, qui foient capables de trouuer dans leurs
efcrits ce dont eus-mefmes
peut-eftre ne fe fuffent pas
auifez. C'eft pourquoi la Grenade, qui à fon fruict fous
l'efcorce, eftoit confacrée à
Mercure: Et c'eft de fes grains
tirez de l'interieur qu'on
peut faire vn loüable amas
pour s'en feruir au befoin.

Clem. Alex.
l. 6 Strom.

Quintilien mettroit entre L. 1. Inft. c. 9.
les Vertus d'vn bon Gram-
mairien, d'ignorer de certaines chofes, & l'on peut dire qu'il eft par fois auantageus dans la Morale de ne fçauoir pas tout le mal qui fe
peut faire. Et neantmoins ce
mefme mal n'eft pas mauuais
ni honteus dans l'entendement comme dans la volon-
té, puifque Dieu ne fait pas
difficulté d'en prendre connoiffance. Quoi qu'il en foit
c'eft vne maxime dans la
Phyfique, qu'il n'y a rien indigne d'eftre fçeu, de ce que
l'Eternel n'a pas iugé indigne
d'eftre creé. Cette fcience

s'estend sur tout ce qui a es-
sence. Le college des Gym-
nosophistes estoit pour cela
dans le Temple de Pan , pour
signifier mysterieusement
qu'ils faisoient profession de
sçauoir toutes choses. Et si
vn Empereur trouuoit bon-
ne l'odeur des excremens,
qui n'estoient ni musc , ni ci-
uette , parce que son Fisc en
proffitoit ; on ne doit rien
mespriser pour bas , ni pour
abject qu'il paroisse , lors que
nous en pouuons tirer quelque instruction. En effet toutes choses sont pures à les
cosiderer auec pureté. Sainct
Chrysostome ne perdoit rien

de sa saincteté à la lecture
d'Aristophane, & de Lucien,
dont il a inseré presque tout
vn dialogue dans vne Home-
lie sur l'Euangile de sainct
Iean. L'Apostre conseille de
ne laisser rien à esprouuer, encore qu'il ne faille s'attacher
qu'au bien. Et puisque l'Esprit de la Diuinité s'estend
iusques sur les plus petites &
les plus viles parties de la Nature,

Iupiter est quodcumque vi-
des, quodcumque moueris,

Il n'y en peut auoir qui ne
meritent bien d'estre con-
templées. Mais ce n'est pas à
dire pourtát que nous soyons

obligez de nous arrester à
toutes esgalement. Il est par
fois des estudes comme des
viandes, dont il y en a qui ne
doiuent seruir que de saulce,
& qui ne se prennent point
pour nourriture. La raison ne
veut pas que nous nous sou-
lions de ce qui n'est fait que
pour assaisonner le reste.

Ne soyez pas de ceus qui
ne se donnent qu'à pene le
loisir d'apprendre, tant ils
ont grande enuie de pren-
dre, *dicere properantes, non
discere.* Si vous preferez les
arts lucratifs aus sciences
honnestes, vous ne ferez jamais rien qui merite la gloire

où vous aspirez. Et vous
tomberez dans le malheur de
cette inconsideree Atalante,
qui perdit pour vne pomme
d'or l'honneur de sa course,

Ouid. Met.

Declinat cursus, aurumque
volubile tollit.

Adioustez à cela qu'en matiere de sciences & de disciplines, l'vtilité se trouue où
elle paroist le moins, leur
auantage consiste en ce qui
semble le moins auantageus,
& nous tirons souuent le plus
de proffit de ce que nous ne
iugiós nullemét proffitable,

Id. de Ponto
el. 6.

---Magis vtile nil est
Artibus his, qua nil vtilita-
tis habent.

Vous n'auez pas deub vous embarquer au seruice des Muses, si vous n'auiez du bien assez pour y subsister honnestement. *Bisognan lettere, & lettiera.* Michel de Montagne veult qu'on reface ses chausses, deuant que de faire des liures. Et quand Pythagore deffend de se nourrir de ceruelle, il aduertit, comme ie crois, d'esuiter cette dure necessité d'auoir sa vie appuyée nuëment sur le trauail de l'esprit, & sur sa seule industrie.

Mais souuenez-vous sur tout de la belle leçon que fit cét Indien à Socrate, que les choses humaines ne sçau-

Euseb. præp.
Eu. l 11. c. 3.

roient eſtre bien compriſes
ſans les Diuines. C'eſt par les
dernieres que vous rectifierés
vos mœurs auec vos eſtudes,
abeunt ſtudia in mores. Si la
force de l'imagination peut
cauſer par fois des enfante-
mens monſtrueus, qui doute
que la frequente meditation
des choſes du Ciel ne puiſſe
ſanctifier les productions de
noſtre ame. Il eſt beſoin
pourtant que vous y appor-
tiez la moderation requiſe, &
le reſpect qu'elles demandent. Voicy l'important precepte qu'on donne pour ce
regard, *noli altum ſapere*, gardez-vous bien de vouloir

gouster du fruict qui est au
plus hault de la branche, si
vous ne voulez tomber &
vous perdre. Les sciences ont
leurs colomnes fatales dans
le monde intelligible, qui ne
se passent gueres impuné-
ment, non plus qu'autrefois
celles d'Hercule. Dieu & la
Nature nous font voir mille
merueilles plustost pour
nous les faire admirer, que
pour nous les faire comprendre, ce qui demanderoit vn
plus long discours que celui-
cy.

Vous n'aurez donc rien de
moi dauantage sur la premiere de vos deus instances.
Quant

Quant à la seconde qui touche cette loüable ardeur que
vous dites qui vous transpor-
te, de communiquer le fruict
de vos estudes à ceus qui vous
suiuront, comme vous auez
proffité, & pourrez proffiter
encore de celles des autres
qui vous ont precedé; ie joins
mes vœus aus vostres, & vous
exhorte à suiure vn si noble
dessein. Et neantmoins vous
ne precipiterez rien en cela
non plus qu'au reste si vous
m'en croyez. La prudence
d'vn Architecte l'oblige à faire de grandes prouisions de
toute sorte de materiaus,
auant que de commencer son

Gg

466 *De la lecture des Liures,*
ouurage. Et ie vous prierois
volontiers de considerer, cõme le Ver à soye ne se met à
filer, qu'apres s'estre nourri
de feüilles par vn fort long
espace de temps. Il est besoin
que nous fassions de mesme
vn fonds de doctrine, & que
nous nous remplissions de
tout ce qui peut seruir à nostre instruction, deuant que
de mettre la main à la plume
pour instruire les autres. En
effet nous lisons dans la vie
d'Aristote, qu'à l'âge de quarante ans il estoit encore dis-
ciple de Platon. Ciceron
L. de Senect. tesmoigne qu'Isocrate n'en
auoit pas moins de quatre-

vingts-quatorze, quand il
acheua son Oraison Panathe-
naïque. Il estoit arriué iufques à quatre-vingts-seize,
lors qu'il escriuit celle qui se
nomme Panegyrique, si nous In Macrob,
en croyons Lucien. Varron
dit de soy-mesme au com-
mancement de son premier
Liure du mesnage des chams,
qu'il estoit octogenaire au
temps qu'il entreprit ce trauail. Et Sophocle les passoit
tous, estant sur le point de
voir vn nouueau siecle, lors
qu'il fit la piece admirable
d'Oedipus Coloneus, ce que Val. Max. 1.
son fils graua sur le tombeau 8. c. 7.
qu'il luy dressa. Ie sçai bien

que le Docteur Huarte n'eſt
pas d'auis dans ſon Examen
des Eſprits que nous retar-
dions tant que cela à trauailler, ſi nous deuons donner
quelque choſe au public; puis
qu'il limite le temps propre à
le faire entre la trente-troi-
ſieſme année & la cinquan-
tieſme de noſtre aage. Mais
c'eſt vn ſentiment particulier, ſujet à beaucoup de contradictions, & qu'vne infinité
d'exemples ſemblables à ceus
que nous venons de rapporter peuuent renuerſer. Ie ne
doute point non plus que
vous ne puiſſiez produire vn
grand nombre d'ouurages de

Cap. 1.

jeunes gens, qui peuuent
conuier ceus de leur volée à
mettre au iour ce qu'ils pen-
fent auoir conçeu auffi heu-
reufement que les autres. Si
eft-il vrai pourtant, qu'à parler generalement, nos ames
ne vont pas fi vifte en leurs
operatiós importantes, qu'il
ne faille attendre la faifon
de maturité pour s'en pro-
mettre vne bonne iffuë. Saturne qu'on veult qui donne
le temperament propre aus
fpeculations fublimes & aus
refueries ingenieufes, eft le
plus lent de toutes les planet-
tes. Et ie vous fupplie de
croire qu'il n'eft pas des eaus

470 *De la lecture des Liures,*
d'Helicon, comme de celles
dont se seruoit la Sibylle de
Delphes, qui lui faisoient
prononcer des Oracles aussi-
tost qu'elle en auoit tant soit
peu gousté. Il fault prendre
des premieres long-temps &
à longs-traicts auparauant
qu'il y paroisse, & qu'elles
operent sur nous ce qui nous
les fait rechercher. Estan-
chez bien vostre soif, & puis
vous satisferez commodé-
ment au reste de vos desirs.

Lucia. in
Hermot.

Quoi que vous fassiez,
quand vous en serez venu-là,
tenez pour asseuré que vous
n'y reuscirez pas au contentement de tout le monde,

non plus que ceus qui vous
ont frayé le chemin. C'eſt le
but le plus vain que vous
vous puiſſiez propoſer qu'vn
agrément vniuerſel. Il eſt
meſmes indubitable que, ſoit
que vous compoſiez quelque
choſe, ſoit que vous vous en
abſteniez, voſtre deſſein ne
manquera iamais d'eſtre cō-
trollé de pluſieurs. Si vous ne
faites rien vous eſtes vn pa-
reſſeus; ſi vous eſcriuez, autant de perſonnes qui liront
vos ouurages prendront l'authorité de vous cenſurer.
Que Iupiter nous donne de la
pluye, dit Theognis, ou qu'il
nous enuoye de la ſerenité, il

se trouue touſiours des hommes à qui le temps courant
ne plaiſt nullement. Ce n'eſt
donc pas merueille qu'ils
trouuent à redire en ce qui
vient de nous, puis qu'ils reçoiuent ſi mal ce qui part de
la main de Dieu. Tel approu-
uera la matiere de voſtre trauail, qui en condamnera la
forme. Vn autre accuſera de
laſcheté voſtre retenuë, parce que vous n'aurez voulu offencer perſonne. Et beau-
coup vous trouueront trop
libre, & vous ſçauront mauuais gré, d'auoir parlé auec
autant de licence qu'ils viuent. Il fault eſtre reſolu à

tout cela deuant que de rien
entreprendre , & ſuiure le
conſeil qu'Harmonides re-
çeut de Timothée , d'auoir
pour indifferent le iugement
de la multitude, pouruecu que
les plus honneſtes gens eſti-
ment ce que vous ferez. Iamais Autheur ne fut plus repris ni plus eſtimé qu'Homere.

Lucia, in
Harm.

 Ne croyez pas que le ſujet
que vous entreprendrez de
traitter, quelque releué qu'il
puiſſe eſtre, ſoit capable de
recommander ce qui vien-
dra de vous, ſi voſtre indu-
ſtrie n'eſgale celle des plus
grands maiſtres. Par effet

c'est la figure plus que l'estoffe qui fait la gloire des Artisans. Vne pierre mise en œuure par Pilon est souuent plus estimée qu'vne statuë de marbre qui ne sort pas de si bonne main. Et l'artifice excellent a cela de propre, qu'il rend plaisantes les plus vilaines choses comme sont les serpens ou les monstres, quand ils sont bien representez. Mais il n'y a rien de bas ni de chetif à le bien prendre. Homere n'est pas moins admirable à descrire l'importunité d'vne mouche, que la valeur d'Achille; ni Virgile à representer le trauail des Abeil-

les ou des Fourmis, qu'à dé-
peindre le Sac de Troye, ou
le fameus bouclier d'Enée.
Confiderez comme Ariftote
nous fait obferuer iufques
aus excremens des animaus,
dans les liures où il examine
ce que la Nature leur a donné de plus excellent. Et comme Xenophon eft foigneus
de nous apprendre la fym-
metrie des vtenciles de cuifi-
ne, du mefme ftile dont il a
tracé l'expedition de Cyrus.
Les grands hommes rendent
tout grand. Et fi l'eftable
d'Augée fait l'vn des renom-
mez trauaus d'Hercule, qui
ne defdaigna pas de la purger

d'ordures ; foyez affeuré qu'à quoi que vous vous occupiez vous y pouuez acquerir vn honneur perpetuel, pourueu que voftre ouurage ait quelque chofe de cét air de l'antiquité, qui nous fait prefque adorer apres tant de fiecles les pieces des Grecs & des Romains.

Il importe merueilleufement pour arriuer iufques à ce point, de mettre fon efprit dans vne affiette bien tranquille deuant que de rien entreprendre. Ie ne veus pas prononcer fi abfolument qu'a fait Seneque, qu'vn homme occupé foit incapable d'exercer aucune action L. de breu. vitæ c. 6. de bonne façon. Mais ie pen- fe que tout le monde tom- bera d'accord, qu'il eſt pres- que impoſſible parmi les di- ſtractions des grandes char- ges, & les diuers emplois de la vie ciuile, de poſſeder cette preſence & cette ſerenité d'eſprit, que demandent les contemplations Philoſophi- ques. On dit des tableaus de Parrhaſius, qu'ils auoient ie ne ſçai quelle douceur, auec Athen. l. 12. Deipn. ex Theoph. vne certaine facilité que ſon humeur gaye leur communi- quoit, parce qu'il ne pei- gnoit jamais qu'en chantant. Cela monſtre de quelle importance est la constitution de nostre ame pour toutes nos operations, & ce que peut la disposition de cette supreme faculté sur ceus qui ont la main à la plume, puis qu'elle a eû tant de pouuoir sur d'autres qui n'ont tenu que le pinceau, dont l'effet n'a garde d'estre si spirituel que celui d'vne plume taillée pour l'eternité. Aussi lisons-nous dans Pline & ailleurs, que diuerses personnes se sont purgé le cerueau auec de l'Ellebore blanc pour mieus vacquer à l'estude, comme le prattiqua Carneades lors qu'il voulut respondre aus li-

L. 25. Nat. hist. c. 5. & l. 35. c. 10.

ures de Zenon, & combattre
les sentimens du Portique.
Le mesme historien de la Nature rapporte dans vn autre
lieu, que Protogene trauail-
lant à ce chef-d'œuure du Ia-
lysus, pour l'amour duquel
Demetrius manqua depuis à
prendre Rhodes, ne voulut
jamais se nourrir que de Lupins destrampez, de crainte
que d'autres viandes ne luy
causassent quelque obstru-
ction, & ne luy rendissent les
sens moins libres. Ie serois
bien fasché de vous auoir
conseillé de semblables regi-
mes, encore que ie vous exhorte serieusement au repos

de l'efprit, & à fon deftache-
ment des affaires qui le peuuent partager, ou troubler,
fi vous voulez vacquer de
bonne forte à la compofition
des liures.

Tout ce qui fort de noftre
plume ne merite pas de voir
le iour. Il faut fouuent imiter l'Autruche, qui fepare les
œufs fteriles de ceus qu'elle
veult couuer pour auoir des
petits; & fupprimer de mefme ce qui ne nous peut donner la reputation, qui eft le
pris de nos trauaus. L'efprit
auffi-bien que le corps a fa façon de digerer & d'engen-
drer des excremens. Mais
comme

comme il est à propos d'vser
de grande precaution à ne
rien mettre au iour qui n'en
puisse souffrir la lumiere; aussi ne doit-on pas estre trop seuere, ni rejetter absolument
ce que le seul abus peut rendre mauuais, par l'application desraisonnable de ceus
qui prennent tousiours les
choses du mauuais biais. Il
n'y en a point de si bonne au
monde, iusques aus Elemens
dont il est composé, qui ne
portast sa condemnation à
l'examiner dans la rigueur de
toute sorte d'euenemens.

Nil prodest quod non ledere Ouid. l. 2.
    possit idem. Trist.

Hh

Et nous sçauons bien que
Dieu ne laissa pas de créer
les Astres, encore qu'il pre-
ueust l'idolatrie que leurs
mouuemens reglez, & leurs
admirables clartez pouuoiét
causer icy-bas.

On attribuë à vn Grimal-
di Genois la mesme fantaisie
qu'auoit cét extrauagant Se-
netio du temps de Seneque,
qui n'aimoit rien que de
grand iusques à sa chaussure,
qu'il portoit, comme quelques-vns auiourd'hui, beaucoup plus longue que le pied.
Il ne vouloit que de grands
valets & de grands meubles:
Les femmes ne lui plaisoient

Suas. 2.

pas ſi elles n'eſtoient extraordinairement grandes : Et ce
qui eſtoit bien plaiſant, c'eſt
qu'il ne mangeoit point de
figues ſi elles n'eſtoient de ces
groſſes que les Romains
nommoient Mariſques, en-
core que tout le monde les
meſpriſaſt comme les plus in-
ſipides de toutes. Mais rien
ne le rendit ſi ridicule que
l'affectation qu'il auoit de ne
prononcer que des choſes
grandes auec des paroles va-
ſtes ou empoulées. Certes
nous en voyons qui font paroiſtre ie ne ſçai quoi de ſemblable, ſur tout dans des pre-
faces où ils eſtalent de gran-

des promeſſes, pour tenir en
ſuitte ſi peu de choſe, qu'on
eſt contraint d'en rire comme de la montagne fabuleu-
ſe, qui n'accoucha apres bien
du bruit que d'vne ſoury. Eſ-
longnez-vous ie vous ſupplie
de ce default qui teſmoigne
vne ſi extréme vanité, &
vous repreſentez ſans ceſſe ce
qu'obſerue Photius dans ſa
Bibliotheque d'vn certain
Amyntianus, qui auoit eſcrit
vn liure des loüanges d'Alexandre. Il le dedioit à l'Empereur Marc-Antonin, l'aſ-
ſeurant qu'il eſgaleroit par
ſon ſtile les plus belles actions
du Monarque dont il entre-

prenoit l'Eloge ; & cependant il n'y auoit rien de plus
froid ni de plus imbecille que
fa façon d'efcrire. Ciceron dit
quelque part de ceus qui en
vfent ainfi, que *magna profef-*
fi, in paruis tamen verfantur.
Et l'Efpagnol ne prononce
pas moins gentiment d'eus,
auiendo pregonado vino, ven-
den vinagre. Si ce que vous
donnerez au public vault
quelque chofe, il le fçaura
bien reconnoiftre ; & s'il en
eft autrement, voftre tefmoi-
gnage ne feruira de rien, n'e-
ftant pas reçeuable en celà.

Ie m'affeure que vous n'e-
xigez pas de moi d'autres re-

gles touchant le ſtyle dont
vous pouuez vſer, que celles
que vous auez veuës dans
mes conſiderations ſur l'Eloquence Françoiſe de ce tems.
I'ai remarqué comme il deuoit eſtre different ſelon les
matieres, & comme rien ne
le rendoit plus recommandable que d'eſtre clair & intelligible , puiſque nous ne parlons ni n'eſcriuons que pour
eſtre entendus. En effet il n'y
a point d'Autheurs dont le
ſens ſe comprenne auec tant
de facilité, que celui des plus
grands Orateurs. Et le mot
d'vn d'entreus me plaiſt fort,
quand il aſſeure de ceus qui

s'expliquent ſi mal qu'on a
de la pene à côceuoir ce qu'ils
veulent dire, qu'ils feroient
pluſtoſt voir leur propre
cœur que ce qui eſt dedans,

ἐν δὲ ἴσον αἱ ἴδοις τὴν καρδίαν, ἢ τὰ ἐν τῇ καρδία, Syneſ. in
Dione.

*quorum citius cor, quam quæ in
corde ſunt videris.* I'ai auſſi
blaſmé de certains ſtyles qui
ſont exceſſiuement diffus en
des choſes ſuperfluës ; & i'ai
fait voir que d'autres par
trop côncis, & qui ne vont
que par ſecouſſes, ou, ſelon
le mot d'vn ancien, que comme les pourceaus piſſent,
n'eſtoient pas moins à reprendre. Taſchez de vous
conduire entre ces deus ex-

tremitez vicieuſes,&meſlant
auſſi-bien qu'Euripide les
Charites auec les Muſes, ie
veus dire les haultes penſées
auec la belle expreſſion, vous
nous ferez voir cette merueille dont parle Syneſius,
d'eſtre Aigle & Cygne tout
enſéble.Il fault pourtant que
i'adiouſte vn mot à ce que i'ai
dit dans le meſme ouurage
touchant les citations, puis
qu'il s'eſt trouué des gens que
l'amour propre rend ſi contraires à l'honneur qu'on
rend aus anciens en les alle-
guant.

L 5. c. 2.   Ariſtote remarque fort
bien dans ſes Topiques, que

la pluſpart des hommes font
mine de n'eſtre pas laborieus,
afin de paroiſtre plus ſpiri-
tuels en ce qu'ils font. Voila
le fondement de la pene que
pluſieurs prennent de deſgui-
ſer comme vn larcin ce qu'ils
tiénent des anciens, croyant
qu'il leur eſt plus glorieus de
paroiſtre auec beaucoup de
naturel, qu'auec beaucoup
d'aquis. l'auouë qu'il n'eſt pas
impoſſible que diuerſes perſonnes ne tombent dans de
meſmes ſentimens ſur vn
meſme ſujet. Et que comme
les terres produiſent en des
lieus fort eſlongnez de ſitua-
tion, de ſemblables metaus

& des plantes de pareille'ef-
pece ; il peut encore arriuer
que diuers efprits fe rencon-
treront dans de mefmes pen-
fées, & formeront de mefmes
raifonnemens, fans fe les eftre
communiquez les vns aus autres. Mais il ne laiffe pas auffi
d'eftre veritable, que le plus
grand nombre de ceus qui
paroiffent fi ennemis des citations & des authoritez dont
ils ne fe feruent jamais, font
portez d'vne vanité pareille
à celle qu'auoit Epicure, qui
n'efcriuit pas moins de trois
cent volumes fans faire aucune allegation, à deffein de
fe monftrer tel qu'il fe difoit

eſtre, *autodidacte*, & ſans
auoir reçeu inſtruction de
perſonne. Or quoi qu'il y ait
de certaines compoſitions,
comme nous l'auons obſer-
ué, où cette façon d'eſcrire
en s'appuyant ſur les anciens,
principalement lors qu'on
produit leurs propres textes,
ſeroit tres-vicieuſe ; il s'en
trouue d'autres au contraire,
telles que ſont les Dogmatiques ou inſtructiues, qui ne
peuuent eſtre traittées autrement qu'auec vn notable
preiudice. Qu'on liſe ce qu'ót
fait Ciceron, Seneque, &
Plutarche, de Philoſophique,
il n'y a page où les noms & les

sentimens de tous ces grands
hommes qui les auoient prece-
cedé ne soient rapportez. Et
certes l'affectation de n'expo-
ser au iour que ce qui est nouueau & de son creu, est fort
ridicule, rien ne pouuant
estre dit, sur tout en ce genre
de lettres, qui ne l'ait esté auparauant, outre qu'on pert
en ce faisant la force du tesmoignage, ou de l'authorité,
sans parler de celle de l'expression. La verité est eternelle, de sorte que si ce qu'on
dit est tant soit peu veritable, il ne sçauroit estre nouueau. Et ce que representoit
autre-fois Isocrate au Roi Ni-

Orat. de
Regno.

eocles me ſemble fort conſi-
derable là-deſſus, qu'en matiere d'inſtitution, de preceptes, ou de doctrine morale,
c'eſt eſtre impertinent que
d'y chercher de la nouueauté, & que celui-là y paroiſtra
touſiours le plus éloquent
qui ſçaura le mieus rapporter & mettre en vn, ce que
les plus beaus eſprits ont penſé deuant lui ſur le ſujet dont
il voudra parler. Que ſi ce
grand Orateur auoit raiſon
de le croire ainſi il y a bien
plus de deus mille ans, que
doit-ce eſtre de nous, qui
dans la ſucceſſion de tant de
ſiecles auós recueilli le fruict

des estudes de tant de milliers
d'hommes qui nous ont de-
uancé. Le Peintre qui reçoit
ses couleurs toutes broyées,
ni l'Architecte à qui l'on a
preparé la chaux & le moi-
lon, n'en sont pas moins esti-
mez s'ils les sçauent bien em-
ployer. Faites si bien que
vous voudrez, vous ne sçau-
riez trauailler que sur la matiere des Anciens, ni debiter
d'autres sentimens que les
leurs; l'importance est de les
mettre bien en œuure, &
vous les pouuez mesmes rendre vostres par la belle application. l'ai veu souuent des
passages de liures si bien pris,

& si ingenieusement ada-
ptez, qu'ils auoient auec l'e-
nergie du lieu d'où ils ve-
noient, toute la grace de l'inuention & de la nouueauté.
A la verité il peut y auoir de
l'excez en cela. Ceus qui
estouffent leur lumiere natu-
rélle & leur iugement, sous
vn grand nombre de cita-
tions que la seule memoire
leur fournit, font comme ces
Geans qui entasserent si bien
montagne sur montagne,
Pelion, & Ossa sur Olympe,
qu'ils s'enseuelirent eus-mes-
mes dessous. Chrysippe, Cel-
se, & quelques-vns encore
ont esté blasmez auec raison,

de s'estre tellement abandonnez a suiure les autres, que si vous eussiez osté les textes estrangers de leurs liures, vous les eussiez reduis au mesme temps à la charte blanche. Ie me souuiens aussi de

Hesech. in Philos.

ce Timée a qui l'on donna le vilain surnom de vieille ramasseuse, καθευλλέκτεια, parce qu'il ne debitoit que des rapsodies recueillies de tous costez. Certes ce n'est pas escrire que d'en vser de la sorte, c'est seulement transcrire & estre purement *plagiaire*, pour nous seruir du terme qui est propre à cette infamie. Et si nous nous contentons de mettre sur

sur le papier nos lectures toutes indigestes, comme le ro-
binet d'vne fontaine rend
l'eau sans la gouster & sans
lui rien communiquer du
sien, au lieu d'acquerir de la
gloire par nos ouurages, nous
ne ferons rien que de mespri-
sable. Il ne fault pas tant imiter les bouquetieres , qui se
contentent de ioindre en-
semble les fleurs qu'elles
trouuent ; que les Abeilles,
qui prennent dessus ces mesmes fleurs la matiere dont
elles composent leur agreable nourriture. Car il y a trois
sortes d'animaus qui don-
nent aus hommes d'estude

des exemples bien differens.
L'Araignée tire sa toile, qui
a plus d'artifice que de solidité, de son propre ventre sans
rien emprunter de personne.
Le Fourmi ne s'occupe qu'à
faire prouision du grain qu'il
amasse auec grand soin, &
qui ne proffite qu'à lui seul.
Mais la Mouche à miel tient
la voie moyenne qui doit
estre suiuie, quand elle choi-
sit sa matiere au dehors, qu'elle transforme en suitte, rendant son trauail vtile & à elle,
& à tout le genre humain.
Ie vous exhorte donc à suiure
ce tiers parti, dont vous ne
verrez gueres mesdire qu'à

ceus qui deſeſperent d'en
pouuoir eſtre, parce qu'ils
n'ont pas fait les prouiſions
neceſſaires pour cela. Nous
ne priſons ordinairemen que
les choſes ou nous croyons
pouuoir reüſſir, & lors que
nous penſons eſtre capables
de les imiter. Pour les autres
qui ſont au deſſus de noſtre
portée, peu de perſonnes ſe
trouueront aſſez équitables
pour en iuger raiſonnable-
ment & ſans paſſion. Tant y
a qu'en rendant l'honneur
qui eſt deu à ceus de qui vous
aurez appris, vous ferez l'a-
ction d'vn homme recon-
noiſſant, outre que vous en

obligerez d'autres qui receuront quelque instruction de vous, à vous traitter vn iour de mesme. Ce n'est pas merueille que des gens qui ne peuuent esperer d'estre jamais citez, prennent en si mauuaise part les citations des autres.

FIN.

ERRATA.

Page 104. l. 4. Sextus, lisez, Sextius, & mettez à la marge, ep. 73.
p. 126. l. 1. auec plus, lisez, auec le plus.
p. 200. l. 6. porté, lisez, porte.
p. 318. l. 14. Mais, ne doit pas estre à linea.

BIBLIOTHEQUE NATIONALE
Désinfection 1984
N° 16051